Roland Chambers

Nelly und die abenteuerliche Suche nach Kapitän Wellenflieger

Dieser Titel ist auch als E-Book erschienen.

MIX
Papier aus verantwortungsvollen Quellen
FSC
www.fsc.org
FSC® C083411

Titel der englischen Originalausgabe:
»Nelly and the Quest for Captain Peabody«

Für die Originalausgabe:
»Nelly and the Quest for Captain Peabody« was originally published in English in 2015.
This translation is published by arrangement with Oxford University Press.

Umschlaggestaltung: Tanja Østlyngen unter Verwendung einer Illustration von Ella Okstad
Satz: Helmut Schaffer, Hofheim a. Ts.
Gesetzt aus der Berling LT
Druck und Einband: CPI books GmbH, Leck – Germany

Printed in Germany
ISBN 978-3-414-82444-8

5 4 3 2 1

Sie finden uns im Internet unter: www.boje-verlag.de

Roland Chambers

Nelly und die abenteuerliche Suche nach Kapitän Wellenflieger

Aus dem Englischen
von Petra Hucke

Mit Bildern von Ella Okstad

Boje

Kapitel Eins

Am Ende des Piers trieb ein Schiff wie ein Haufen zerbrochener Stöcke auf dem Wasser. Seit Jahren war niemand damit auf See gewesen, und die Farbe war abgeblättert.

Das Schiff hatte ein altmodisches Steuerrad, wie es alte Piratenschiffe haben, und es war von kleinen Löchern übersät, wo die Holzwürmer sich darüber hergemacht hatten. Es hatte zwei Masten, einen langen und einen kurzen, und es war am Pier – oder am Kai oder Landungssteg, wie man ihn auch nennt – mit einem uralten Tau angebunden, von dem grüne Bärte aus Seetang hingen, die nach alten Muscheln rochen.

An einem Ende des Taus lag das Schiff, und am anderen Ende saß Nelly, im Schneidersitz, das Kinn in die Hände gestützt, während ihre Schildkröte Kolumbus in der Sonne döste. Kolumbus war eine sehr schläfrige Schildkröte, aber wenn er aufwachte, machte er immer den Eindruck, als hätte er etwas Interessantes erlebt, das er jedoch niemandem erzählen würde.

Das Mädchen hieß Nelly, und das Schiff hieß auch *Nelly*. Es gehörte dem Kapitän Woody Wellenflieger von der Ehrenwerten Forschungsflotte. Vor vielen Jahren war er gemeinsam mit einer Gruppe ehrenwerter Forscher zu einer Weltumsegelung aufgebrochen, von der er bis heute nicht zurückgekommen war. Nelly war Kapitän Wellenfliegers Tochter, und sie vermisste ihren Vater, obwohl sie sich gar nicht an ihn erinnern konnte. Sie wusste nur, dass sich seine Post in einem Korb im Flur immer höher stapelte und dass er exotische Schnecken sammelte. Sie krochen die Rückenlehne der Stühle hinauf und an der Oberseite der Bilderrahmen entlang. Sie saßen auf dem Treppengeländer und hingen kopfüber im Türrahmen. Und manchmal, wenn Nelly mitten in der Nacht Durst hatte und sich ein Glas Wasser holte, fand sie eine Schnecke am Wasserhahn kleben, was ziemlich eklig war. Einige der größeren hatten bemalte Häuser.

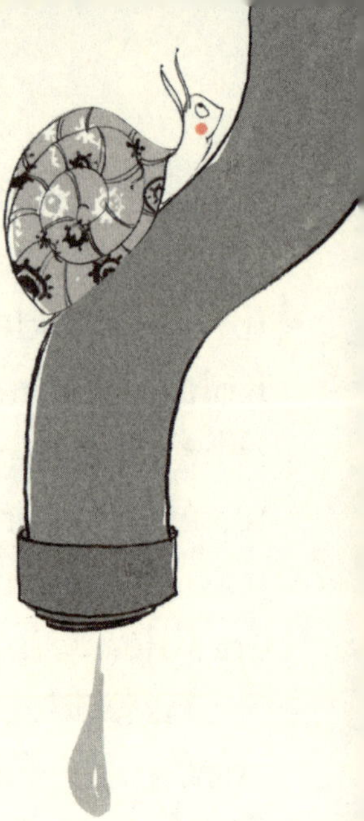

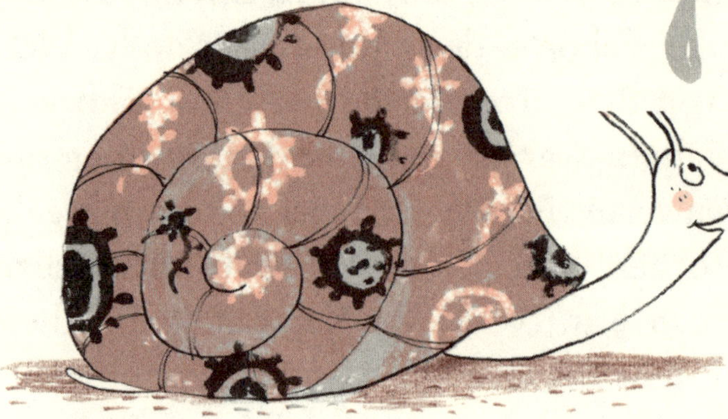

Nelly vermisste ihren Vater, aber ihre Mutter bemerkte es kaum. Sie bemerkte weder die Schnecken noch irgendetwas anderes, denn sie war ständig nur mit Stricken beschäftigt. Sie strickte Schals, Mützen und Handschuhe, Hunderte davon, die sie in Päckchen packte und alle zwei Wochen dem Postboten mitgab. Es war unglaublich, wie viele

Mützen, Schals und Handschuhe sie strickte, und deswegen dachte sie niemals an die Schnecken oder an Nelly oder Kolumbus oder den verschwundenen Kapitän. Nellys Mutter war wie eine Schlafwandlerin – sie lebte in einer eigenen Welt.

An diesem Tag, dem ersten richtigen Sommertag, saß Nelly im Schneidersitz auf dem Pier und sprach mit Kolumbus.

»Das Problem ist«, erklärte sie, »dass wir keine Segel haben …«

Das stimmte. Die Segel waren schon vor vielen Jahren verrottet.

»… und ohne Segel«, fuhr Nelly fort und betrachtete ihre Handflächen, »ist das Abenteuer, das ich mir vorstelle, unmöglich. Bist du neugierig, was ich mir ausgedacht habe?«

Doch Kolumbus schlief und antwortete nicht.

»Wir machen uns auf die Suche nach meinem Vater«, erklärte Nelly, »und auf dem Weg können wir andere Abenteuer erleben, mit Piraten, Wasserstrudeln und so weiter. Schwierig ist eben nur, dass wir nichts haben, in dem wir den Wind fangen können. Aber dafür habe ich auch schon einen Plan. Ich stricke mit Mutters Nadeln ein paar Segel. Die sind dann zwar nicht aus Tuch wie normale Segel, aber dafür weicher und wärmer. Das mache ich nachts, heimlich, und du musst Wache stehen.«

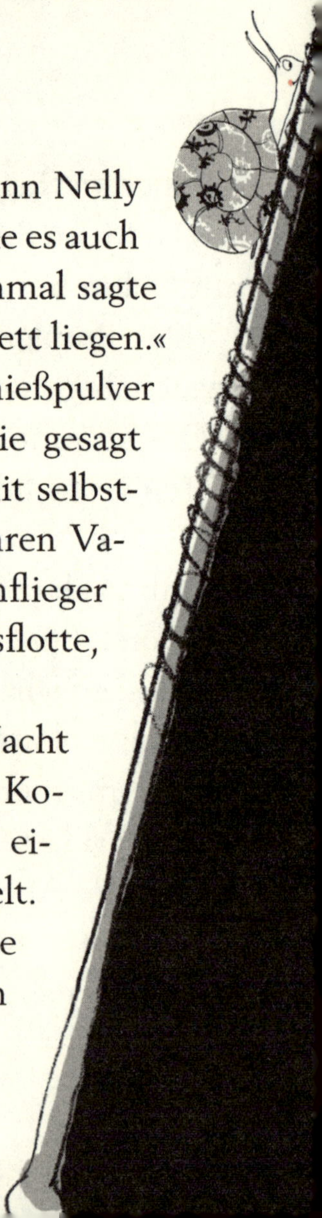

Und genau so geschah es. Denn wenn Nelly sich einmal etwas vornahm, setzte sie es auch um, ganz gleich, was es war. Manchmal sagte sie: »Ich bleibe den ganzen Tag im Bett liegen.« Oder: »Ich werde ein Rezept für Schießpulver auswendig lernen.« Und nun, da sie gesagt hatte, sie würde in einem Schiff mit selbstgestrickten Segeln losziehen und ihren Vater finden, Kapitän Woody Wellenflieger von der Ehrenwerten Forschungsflotte, würde sie auch das tun.

Also schlich Nelly sich in dieser Nacht nach unten und strickte, während Kolumbus mit einem geöffneten und einem geschlossenen Auge Wache hielt. Und in der nächsten Nacht strickte sie weiter und in der übernächsten

auch. KLICKEDIKLACK, machten die Nadeln, KLICKEDIKLACK wie klappernde Zähne oder über Steine trippelnde Krabben oder zwei Säbel, mit denen sich in der Ferne zwei Feinde bekämpfen. Und während sie strickte, dachte sie an die Reise und an ihren Vater, wo immer er sein mochte – im Dschungel, in der Wüste oder auf der Spitze eines Eisbergs.

Dabei sah er genauso aus wie auf dem Bild, das im Flur hing: einen Dreispitz auf dem Kopf, eine Postkarte in der Hand und ein ratloser Blick im Gesicht, als fände er keinen Briefkasten.

Kapitel Zwei

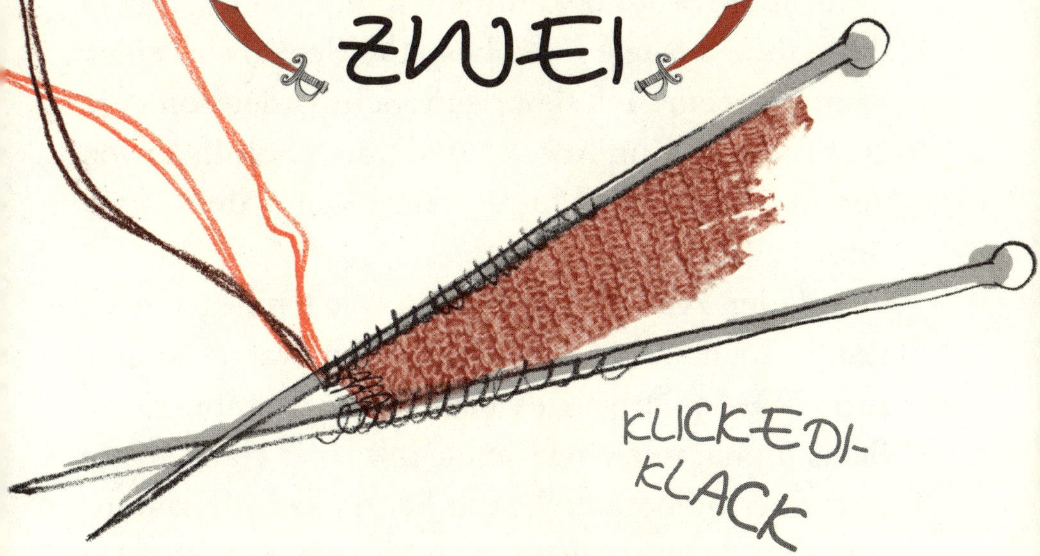

Nelly strickte in der Nacht, und am Tag kümmerte sie sich um alles andere. Sie schliff die Schiffsdecks und strich den Rumpf, sie nähte Signalflaggen und brachte neue Taue an. Was sie nicht selbst machen konnte oder im Haus fand, bestellte sie bei Explorius, die alles lieferten, was ehrenwerte Forscher für eine Expedition benötigten.

Unten im Frachtraum standen eng nebeneinander, damit sie bei einem Sturm nicht herumrollten, Fässer mit Käse, Bohnen, Salzfleisch und Schokoladenkeksen, außerdem welche mit Zitronen und

Limetten. Nelly hatte nämlich gelesen, dass man auf einer langen Reise, wenn man nicht genug Vitamine aß, Skorbut bekommen konnte, sodass einem die Zähne ausfielen. Sie bestellte Seekarten, einen Kompass, ein Teleskop, ein Schiffsmegafon, ein aufblasbares Gummiboot und einen Schiffsjungen, der sich um ihre Mutter kümmern würde, während sie unterwegs war.

Auf der *Nelly*, die Kapitän Wellenflieger nach seiner Tochter benannt hatte (oder war es andersrum gewesen?), gab es eine kleine Kombüse, ein Badezimmer und eine Kabine mit einer Hängematte und einer Bibliothek. Es gab Schränke für Kleidung und die Angelausrüstung und Töpfe und Pfannen, und im Frachtraum stand neben den Fleisch- und Käsefässern ein Fass mit Schießpulver und ein Kohleneimer voll mit Kanonenkugeln für die zwei kleinen Kanonen an Deck. Diese Kanonen sahen aus wie chinesische Hunde, mit offenen Schnauzen und geringelten Schwänzen, und kamen aus Kapitän Wellenfliegers Arbeitszimmer, wo sie links und rechts neben dem Kamin gestanden hatten.

Eine Woche brauchte Nelly, um die Segel zu stricken, und eine weitere, um ihr Schiff vorzubereiten. Doch da sie tags und nachts arbeitete, konnte sie zwei Wochen in eine quetschen. Sie war an harte Arbeit gewöhnt, weil sie immer alles selbst machte. Sie kochte und konnte es gut. Sie flickte ihre Kleidung, machte die Wäsche und regelte sogar die Finanzen, weil ihre Mutter sich um solche Dinge noch nie gekümmert hatte. Das hieß nicht, dass sie sich nicht um Nelly sorgte: Vor dem Schlafengehen erzählte sie Geschichten oder sang Lieder, und im Garten, nahe dem Rhabarberbeet, hatte sie einen Apfelbaum für Nelly gepflanzt.

Also machte Nelly wie immer alles auf ihre eigene Art und richtete das Schiff her, als wäre es ein Haus auf dem Wasser. Sie bestellte zwei Ersatzbesen und zusätzlich noch eine ganze Kiste Besenstiele. Sie bestellte einen Sack Wolle, um Löcher in den Segeln zu reparieren, und ein halbes Dutzend Zahnbürsten. Sie bestellte genug saubere Handtücher (einschließlich Geschirrtücher) für sechs Monate, außerdem zwei Dutzend Garnituren Unterwäsche und eine Flasche Ammoniak, denn sie hatte von einer schlauen Methode gelesen, wie man Wäsche mithilfe von Mülltüten und Ammoniak waschen konnte. Sie bestellte so viel, dass der Stift des Postboten aufgab, als er die einzelnen Dinge auf seiner Liste abhakte. Zum Glück hatte er noch einen Stift, eine ganze Reihe Stifte sogar, die in seiner Hemdtasche glänzten. Aber er beschwerte sich nicht über die Arbeit. Er trug alle Pakete ins Haus und schien Nelly gar nicht zu beachten. Nur wenn ihre Mutter auftauchte (mit einer Wärmflasche oder einem Knäuel neuer Wolle), seufzte er und wischte sich die Stirn mit einem roten Seidentaschentuch.

Nellys Schiff hatte Fächer für nasse Kleidung und trockene Kleidung, für saubere und schmutzige Wäsche, und in der Kabine gab es einen Tisch, der an Seilen von der Decke hing, damit bei schlechtem Wetter nichts darauf umkippte. An diesem Tisch würde sie essen, aber auch die Seekarten studieren und ihren Kurs festlegen und Bücher aus der Bibliothek lesen, in der sich die *Enzyklopädie der Meereslebewesen,* der *Forscherfreund* und ein Tagebuch mit schwarzem Ledereinband befanden, das Nelly im Schreibtisch ihres Vaters entdeckt hatte. Darin stand ganz vorn eine Liste der Sachen, die er für eine Reise bestellt hatte, und ganz hinten eine Liste mit Stichpunkten, an die er sich nach der Abreise noch erinnern wollte.

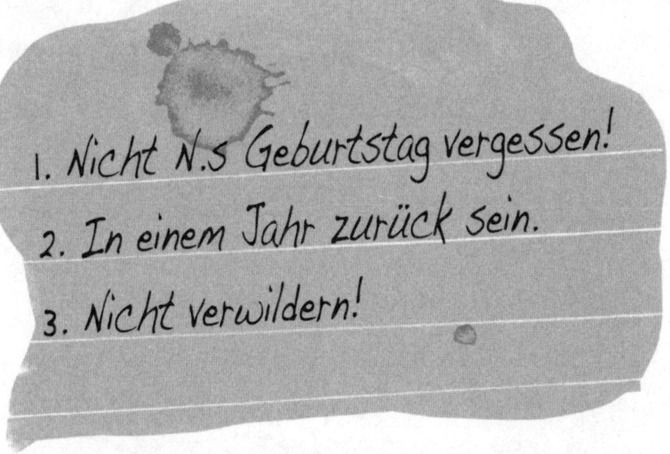

Doch natürlich hatte Kapitän Wellenflieger fast alle Geburtstage von Nelly vergessen und war auch nach weit über einem Jahr nicht zurückgekehrt, und ob er verwildert war oder nicht (was das wohl bedeutete?) – Nelly wusste immer noch nicht, wo sie ihn finden konnte und wo sie überhaupt mit ihrer Suche anfangen sollte. Sie hatte seine Memoiren gelesen, *Kapitän Wellenfliegers Reisen*. Sie wusste, dass er zu den Karibischen Inseln gesegelt war und über das Südchinesische Meer und an die Elfenbeinküste, wo man sein Schiff für ein Piratenschiff

ergessen!
sein.
wildern!
Westindische
Inseln
Schildkrötenei

gehalten hatte. Sie wusste, dass er ihr zum ersten Geburtstag ein Schildkrötenei in einer alten Keksdose geschickt hatte, zusammen mit einem Karton voller bemalter Schneckenhäuser, aber sie wusste weder, wo die Schildkröte herkam, noch, ob Kapitän Wellenflieger die Schnecken selbst bemalt hatte. Nie hatte sie einen Brief oder eine Postkarte von ihm bekommen, nicht einmal ein Telegramm, und wenn sie ihre Mutter fragte, wann er nach Hause käme, seufzte Frau Peabody nur und fragte, ob Nelly Karten spielen oder ihr mit dem Kreuzworträtsel helfen wolle. Nelly wusste nicht einmal, ob ihr Vater noch lebte oder schon ausgestorben war – ein ausgestorbener Forscher, so wie das Mammut und der Dodo ausgestorbene Tiere waren.

»Wo seid ihr alle hin?«, flüsterte sie und blickte auf eine Fotografie von Kapitän Wellenflieger und seinen Kollegen, den so genannten Ehrenwerten Herren der Forschungsflotte. Es waren ausnahmslos bärtige Männer mit Pfeife im Mund, die in zwei Reihen hinter ihrem Kapitän standen. Der hielt eine Medaille in der Hand und sah aus, als ob er sich fragte, was er damit nur anfangen solle.

Doch natürlich gab ihr niemand eine Antwort. Also machte Nelly mit ihrer Arbeit weiter: Tags-

über bereitete sie das Schiff vor, nachts strickte sie an den Segeln. Nur Kolumbus leistete ihr Gesellschaft. Klickediklack klapperten die Nadeln, und während Nelly darüber nachdachte, wie groß die Welt war, wie dunkel und tief die See, wuchsen die Segel in ihren Händen und breiteten sich über ihre Knie und den Boden aus, bis sie aus dem Wohnzimmer drängten. Und am Morgen des achten Tages, als gerade die Sonne aufging, segelten Nelly und Kolumbus los.

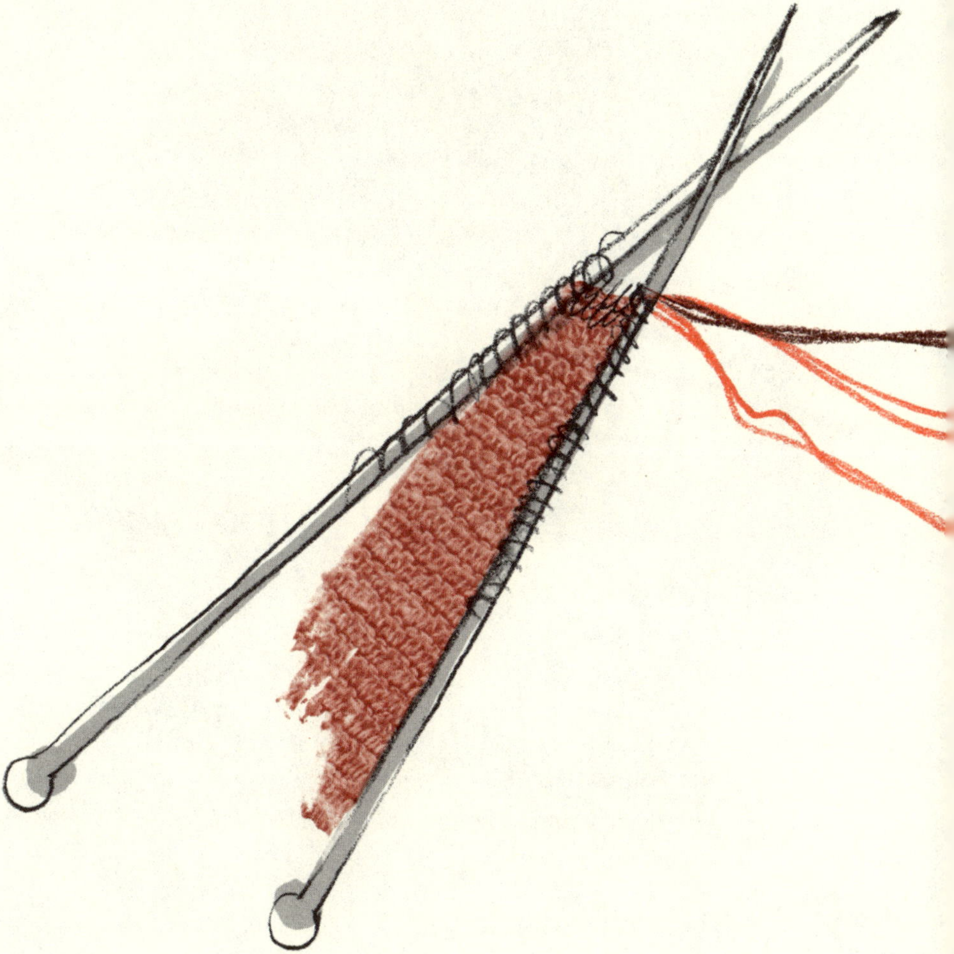

Nelly

Kapitel Drei

Die Stricksegel der *Nelly* waren bunt gestreift wie ein Regenbogen. Während der ersten Tage blies der Wind so gut und gleichmäßig, dass Nelly gar nicht überlegen musste, wo sie hinfahren oder was sie tun sollte. Also knotete sie das Steuerrad des Schiffs sorgfältig mit einem Stofftaschentuch fest und legte sich eine Woche lang schlafen. Und wie immer begegneten Kolumbus und sie sich in den gleichen Träumen.

Kolumbus war, wenn er wach war, keine gesprächige Schildkröte. Am besten war er darin, gemütlich herumzuliegen und weise auszusehen. Er spielte keine Kartenspiele und kein Schach. Auch auf dem Schiff war er keine große Hilfe, weil er keine Knoten machen, Segel reffen oder Decks schrubben konnte. Aber wenn er schlief, träumte er großartige Träume, und manchmal träumte Nelly sie auch. Sie träumte, sie läge noch in ihrem Ei und hörte über sich Seemöwen kreischen. Sie träumte von ihrem Vater an seinem Schreibtisch und von einem anderen Zimmer, ganz weit weg, mit einem Schaukelstuhl, einem Ofen, Regalen voller Marmeladengläser und raschelnden Bäumen vor den runden Fenstern. Sie träumte von einem weißen Berg, der wie ein Wasserkessel dampfte, einem bemalten Stein und einem See aus Feuer, um den kleine Männer tanzten. Sie waren rothaarig und von Tätowierungen bedeckt, nur mit wollenen Mützen, Schals, Handschuhen und Socken bekleidet. Um die Hüften trugen sie Stoffstücke, die verdächtig nach den Geschirrtüchern aussahen, die Nelly aus dem Explorius-Katalog bestellt hatte.

Manchmal träumte Nelly Kolumbus' Träume und manchmal ihre eigenen – zum Beispiel, dass sie den Herd nicht abgedreht, einen Wasserhahn laufen gelassen oder das Dach nicht geflickt hatte. Sie träumte von nicht versandten Briefen und einem Dutzend Kartons im Flur, die sie vergessen hatte einzupacken. Sie sorgte sich, dass der Schiffsjunge die Nachricht mit ihren Anweisungen zur Haushaltsführung nicht erhielt, die sie in die Küche gelegt hatte. Oder dass ihre Mutter den Brief im Wohnzimmer nicht las, in dem Nelly sich verabschiedet und versprochen hatte, in einem Jahr zurück zu sein.

Und dann wachte sie auf und merkte, dass das Wasser, das sie gehört hatte, das Meer war, das gegen die Schiffswände klatschte, und dass das Schaukeln ihre Hängematte war, in der sie ruhig hin und her schwang. Wenn Nelly auf Deck ging, erstreckte die See sich blau und ungerührt bis zum Horizont, ohne auch nur ein Fleckchen Land in der Ferne.

Nelly hatte im Frühling den Anker gelichtet, und einen Monat lang war gutes Wetter. Nach dem Aufwachen schrubbte sie das Deck, machte Frühstück und setzte sich in ihren Lieblingsstuhl direkt vor dem Mast. Die bunten Stricksegel wehten über ihr, und Nelly las ein Buch oder döste, mit Kolumbus als Fußhocker. Manchmal übte sie Knoten und manchmal Zaubertricks, manchmal ließ sie einen Treibanker hinab und ging schwimmen. Dafür schnürte sie sich ein Seil um den Bauch, damit die *Nelly* nicht ohne sie abtrieb. Sie schwamm an der Wasseroberfläche, und Kolumbus tauchte unter ihr her. Nachts träumte sie von alldem, was er gesehen hatte: Kaiserfische und Papageifische, Aale, die wie Zebras gestreift waren, und Sonnenstrahlen, die in der Tiefe verschwanden. Dort schossen Krabben wie Sternschnuppen vorbei, und Schatten riesiger Kreaturen trieben durch die ewige Dunkelheit.

»Wale«, schrieb Nelly eines Abends in ihr Logbuch und malte ein Bild daneben. Sie waren ihr im Wasser so nah gekommen, dass sie sie fast hatte berühren können, und als Nelly wieder auf das Schiff kletterte, zogen sie Kreise um sie. Aus freundlichen Äuglein sahen sie Nelly an und spielten vorsichtig miteinander, als wäre das Schiff eine Seifenblase, die nicht zerplatzen sollte. Mit einem letzten Prusten waren sie wieder verschwunden.

So vergingen die ersten Wochen. Nelly stand auf und erledigte ihre Arbeit. Sie frühstückte. Sie las ihre Bücher und schwamm. Sie brachte sich selbst bei, auf zwei Fingern zu pfeifen und mit Porzellan-

tassen zu jonglieren, wofür eine Menge Übung erforderlich ist. Das Wasser war immer klar, der Wind nie zu stark, und wenn Nelly unter ihren flatternden Regenbogensegeln auf Deck stand, fühlte sie

sich wie die Königin ihres eigenen kleinen Landes und die Kaiserin des Ozeans. Alles war so einfach, und sie fing an zu denken, dass Matrosen, die von spannenden Abenteuern auf hoher See erzählten, ganz schön übertreiben mussten, um bei den Zuhörern Eindruck zu schinden.

Doch eines Morgens, als sie ihr Frühstück machte, begann es im Tauwerk zu knarren, und der Himmel wurde schwarz, noch bevor Nellys Spiegelei fertig war.

Kapitel Vier

Als Nelly in ihren ersten Sturm segelte, schien es ihr, als öffneten sich im Wasser tausend brüllende Münder. Alles war lila, gelb und schwarz; alles war nass und salzig; alles peitschte und krachte und lärmte. Alles zerbrach in Stücke und schlitterte über das Deck. Alles geriet durcheinander – nasse Sachen und trockene, harmlose und gefährliche. Manchmal war es schwierig, festzustellen, was das Meer war und was das Schiff, nur dass das Schiff das Einzige war, was Nelly vor dem Ertrinken rettete.

Deswegen kämpfte sie dagegen an, dass die *Nelly* unterging. Sie reffte die Segel, damit sie weniger Angriffsfläche boten. Sie steuerte in den Wind, damit er sie nicht hin und her warf. Wenn Wellen auf das Deck krachten und Wasser in den Frachtraum lief, schöpfte sie es mit einem Eimer wieder hinaus. Doch sosehr sie auch kämpfte, der

Wind war stärker und die Wellen so hoch, dass der Himmel aus Wasser zu bestehen schien. Regen und Schaum gingen auf sie nieder und schlugen mit großen Fäusten auf sie ein, als wäre der Ozean lebendig und würde sie ärgern wollen. Wenn die Blitze zuckten, sah sie die Taue ihres Schiffs wie Risse in einer Glasscheibe. Für Selbstmitleid hatte sie jedoch keine Zeit, denn alles geschah auf einmal: das Kreischen der Nägel, die aus dem Holz gezogen wurden, das kreiselnde Schiff, das einen Augenblick lang still auf der Spitze eines meterhohen Wasserbergs verharrte und dann – wusch! – wieder ins Tal gerissen wurde.

Auf dem Höhepunkt des Sturms waren Wasser und Luft so wenig unterscheidbar, dass Nelly beim Atmen fast ertrank. Sie hustete und würgte, schwankte und stolperte und zog sich wieder hoch, um das Steuerrad zu umklammern oder die Segel einzuholen. Obwohl sie so stark wie möglich gerefft waren, machte der Wind mit dem Schiff, was er wollte, und Nelly konnte sich vor Erschöpfung kaum noch halten.

Es war wohl besser, den Sturm machen zu lassen und zu hoffen, dass er sich müde blasen würde, auch wenn es immer noch keine Anzeichen dafür gab. Weiter und weiter heulte er, Stunde um Stunde, Tag um Tag, bis Nelly sich kaum noch an die Zeit vor dem Sturm erinnern konnte. Aber sie war auch viel zu kraftlos, um lange nachzudenken. Sie fühlte sich, als wäre sie nie etwas anderes als ein Mädchen mit einem gelben Südwester auf dem Kopf gewesen, das eimerweise Wasser ins Meer schöpfte. Die nächste Welle würde sie sicherlich in Stücke reißen. Doch dann, ganz plötzlich, war alles so schnell vorbei, wie es begonnen hatte, und Nelly ging zu Bett.

Als sie wieder aufwachte, hatte ihr Kopfkissen eine Salzkruste, und ihre Knie und Ellbogen waren aufgeschürft, weil der Wind sie so herumgeschubst hatte. Schwerer verletzt war sie zum Glück nicht, und auch an Kolumbus (der sich die ganze Zeit in seinem Panzer und unter Nellys Bettdecke verkrochen hatte) entdeckte sie nur an den Kanten ein paar Macken. Nach dem Frühstück fettete sie ihn deshalb behutsam ein und machte sich dann mit Hammer und Schraubenzieher am Schiff zu schaffen. Sie flickte die Segel und setzte die Taue wieder instand. Sie sah nach, ob die Deckel der Fässer im Frachtraum noch dicht waren. Doch gerade als sie sich mit einer Tasse Tee in ihren zweitliebsten Deckstuhl setzen wollte (ihr Lieblingsstuhl war über Bord gegangen), kam schon der nächste Sturm auf und dann noch einer und nach dem noch einer. Und als sie sich schließlich an die ständigen Stürme gewöhnt hatte, wurde sie fast von einem Wasserstrudel verschluckt.

Er begann als kleiner schwarzer Punkt auf der Wasseroberfläche und wuchs sich zu einem spiralförmigen, immer tiefer reichenden Trichter aus. Die *Nelly* trieb auf den steilen, wackligen Rand des Strudels zu, und Nelly hörte ihn gefährlich gluckern und grummeln, ein saugendes Geräusch, als ob das ganze Meer in einem riesigen Abfluss verschwand.

Wäre Nelly in ihn hineingezogen worden, hätte sie nicht gewusst, wo sie gelandet wäre. Es war kein Boden zu sehen. Aber sie hatte Glück: Der Wind fuhr in die Segel, und als sie dem Strudel gerade entkommen war, schloss sich das Meer hinter ihr mit einem schmatzenden, gurgelnden Rülpser.

Nelly schrieb alles in ihr Logbuch, und von den interessantesten Erlebnissen machte sie Zeichnungen: vom ersten Sturm, vom Wasserstrudel, von einem Schwarm fliegender Fische und von einem Hai, der sich am Schiff den Kopf gestoßen hatte. Eines Abends brannten plötzlich kleine blaue Flammen im Tauwerk, und Nelly las im *Forscherfreund*, dass es sich dabei um ein so genanntes Elmsfeuer handelte. Ein anderes Mal tippte ihr beim Lesen jemand auf die Schulter, und als sie sich umdrehte, sah sie zwei gewaltige, schlangenförmige Tentakel aus dem Wasser ragen. Sie tasteten das ganze Schiff ab, wie die Finger eines Blinden, aber als sie Nellys Wäsche erreichten, die in Müllbeuteln am Tauwerk hing, zuckten sie zurück, als hätten sie sich verbrannt. Das musste wohl am Ammoniak liegen.

Die Wäsche wurde mit dem Ammoniak also nicht nur sauber, sondern blieb auch vor neugierigen Kraken geschützt.

»Riesenoktopus«, schrieb sie ins Logbuch und malte das Tier auf, auch die gigantischen Augen, die sie gesehen hatte, als es sich zurückzog. Sein Blick war vorwurfsvoll gewesen. Vielleicht hatte der Oktopus Nelly nur begrüßen wollen.

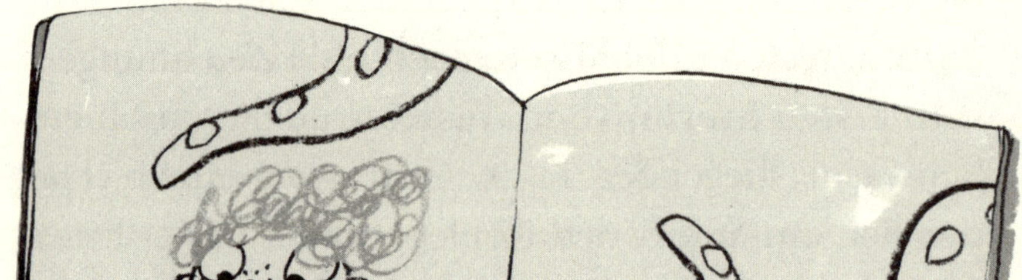

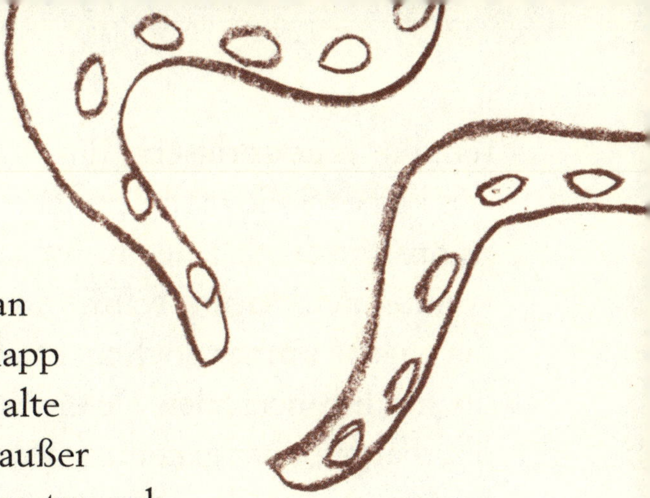

Am schlimmsten waren jedoch die Tage, an denen gar nichts geschah; an denen die Segel schlapp herunterhingen wie alte Strickjacken und es außer Nachdenken nichts zu tun gab. Im Juli hatte Kolumbus Geburtstag, aber es gab keine Eier, um einen Kuchen zu backen. An Halloween hatten sie keinen Kürbis zum Schnitzen, und der Gedanke an die vielen reifen Äpfel, die zu Hause im Gras lagen, machte sie traurig. Sie hatte nicht nur Heimweh, sondern auch Hunger. Inzwischen war sie schon mehrere Monate auf See, und ihre Vorräte gingen zur Neige. Etwas Salzfleisch war noch übrig, aber die Schokolade war längst alle. Bald müsste sie sich von Käse ernähren, und wenn der Käse alle wäre, müsste sie Zitronen und harten Zwieback essen. Aber wenn sie die Zitronen aufgebraucht hätte, würden ihr die Zähne ausfallen – und wie sollte sie ohne Zähne den restlichen Zwieback kauen?

Noch mehr Angst hatte sie jedoch davor, dass das Schiff auseinanderfiel: Die Planken könnten verrotten, die Taue zerfasern, die Segel zerreißen, und es gab keine Wolle mehr, um sie auszubessern. Irgendwann würde das bestimmt passieren, und Nelly konnte nicht sagen, wann ihre Reise enden würde. Sie wusste immer noch nicht, wo ihr Vater war und ob sie ihm nach den vielen Monaten des Suchens überhaupt näher gekommen war. Vielleicht war die Entfernung seit Beginn ihrer Reise nur noch größer geworden.

»Mir scheint es«, sagte sie zu Kolumbus, »dass man auf der Suche nach einem verlorenen Segler auf hoher See auch schnell selbst verloren gehen kann.«

Kolumbus antwortete natürlich nicht. Nelly saugte weiter an ihrer Zitrone, denn mittlerweile hatte sie kein Wasser mehr. Obwohl bald Weihnachten war, schien die Sonne heißer als im Hochsommer. Nicht dass sie in Weihnachtsstimmung gewesen wäre. Wochenlang hatte sie die Lecks zwischen den schrumpfenden Planken mit Geschirrtüchern gestopft, die sie vorher in Teer getaucht hatte, aber nun hatte sie auch keine Geschirrtücher mehr, und die Segel der *Nelly*, die anfangs so bunt geleuchtet hatten, sahen aus, als hätte Nelly sie aus den grauen Haaren alter Frauen gestrickt.

Nur in der Natur war weiterhin alles klar und kräftig. Die Sonne war gelb, das Meer war hellblau und erstreckte sich meilenweit, ohne dass irgendetwas die Wasseroberfläche unterbrochen hätte. Ruhig und ungerührt lag es da … nur dass Nelly an diesem Tag eben doch etwas entdeckte.

Zuerst dachte sie, sie hätte eine Wollfluse an den Wimpern und rieb sich die Augen, aber der Fleck verschwand nicht. Sie holte das Teleskop, und der Fleck war immer noch da, nur viel näher. Es war kein Land, wie sie gehofft hatte, aber auch kein Wal. Es sah aus wie ein Tropfen Blut auf dem Wasser.

»Piraten!«, rief sie so laut, dass Kolumbus aufwachte.

Kapitel Fünf

Das Piratenschiff war rot – von oben bis unten: Die Planken waren rot, die Segel waren rot. Sogar die Taue waren rot. Das Einzige, was nicht rot war, war die Flagge, die an der Spitze des größten Mastes flatterte und die Nelly aus ihrem Buch mit Signalfahnen kannte: ein weißer Totenkopf und zwei gekreuzte Knochen auf schwarzem Grund.

»Vielleicht haben sie uns noch nicht gesehen«, flüsterte sie, obwohl die Piraten direkt auf sie zukamen. »Vielleicht sind sie ja ganz freundlich.« Aber auch das schien nicht sehr wahrscheinlich.

Nelly hatte von den schlimmen Dingen gehört, zu denen Piraten fähig waren. Sie malte sich die gruseligsten Sachen aus und fragte sich, wie es sich wohl anfühlte, wenn man tatsächlich über die Planke gehen musste. Dann sah sie eine zweite Flagge, die plötzlich neben der Totenkopffahne flatterte. Sie war rot.

»Keine Gefangenen!«, keuchte sie. »Das heißt, dass sie uns nicht am Leben lassen, selbst wenn wir uns ergeben. Nicht dass es eine große Rolle spielen würde. Sonst wären wir eben hier draußen verhungert.«

Nellys Schiff war schnell, aber das Piratenschiff war schneller und viel größer. Durch das Teleskop sah es wie eine Stadt auf dem Wasser aus, mit hunderten Segeln, eines über dem anderen, blutrot und mit gnadenlosem Wind gefüllt. Es wurde größer und immer bedrohlicher, je näher es kam. Bald konnte Nelly die Galionsfigur erkennen, einen fauchenden Drachen, dem die Zunge aus dem geöffneten Maul hing.

»Oh, Kolumbus!«, rief Nelly und dachte, wie unfair es war, dass sie so jung war und ihr niemand zu Hilfe kommen würde, dass ihre Eltern sich nicht besser um sie gekümmert hatten, dass sie das Haus putzen und sich sogar um das Geld kümmern musste, während andere Kinder in der Badewanne mit ihrem Quietscheentchen spielten. Sie dachte an all die mutigen Männer in Uniform, die für die Porträts im Flur posiert hatten, mit Schwertern, Flinten oder Flaggen, und wie sie sie alle im Stich gelassen hatten, ihr Vater eingeschlossen. Tränen liefen ihr über die Wangen, mitten auf dem Meer, das doch aus nichts als Salzwasser bestand. Sie fielen in großen, dicken Tropfen auf das Deck und hinterließen dunkle Flecken, zumindest die, die nicht auf Kolumbus' Kopf landeten.

Und dann lachte Nelly laut auf und knackte drohend mit den Fingerknöcheln.

»Diese Hunde!«, grummelte sie. »Die werden schon noch bereuen, dass sie uns entdeckt haben.«

Sie hisste ihre eigene Fahne, eine grüne Schildkröte auf schwarzem Stoff, und gleich hinterher ging ein knallrotes Taschentuch in die Höhe. Denn auch Nelly würde keine Gefangenen machen.

Und wenn Nelly sich etwas vornahm, dann tat sie es auch.

Kapitel Sechs

Am fernen Horizont hatte das Piratenschiff noch wie ein kleines Knäuel roter Wolle ausgesehen, aber durch das Teleskop konnte Nelly bald dunkle Figuren durch das Tauwerk steigen sehen. Am Bug stand in goldener Schrift der Name des Schiffs: *Roter Drache*. Überall kletterten Männer herum, nach oben, nach unten, mit Säcken und Kisten. Sie sah, wie riesig das Schiff war, wie viel Fläche seine Segel einnahmen, wie der Totenkopf an der Mastspitze flatterte und die rote Fahne unter ihm, die jegliche Hoffnung auf Gnade zunichtemachte.

Zuerst hörte sie gar nichts. Das Piratenschiff war wie ein Geist, der lautlos auf sie zugerauscht kam, bis sie die rostigen Köpfe der Nägel erkennen konnte, mit denen die Planken befestigt waren, und auch die Nähte an den Segeln und den Rauch, der in kurzen Stößen aus dunklen Löchern fauchte.

Und dann, ganz plötzlich, hörte sie doch etwas: das laute Knallen explodierenden Schießpulvers.

Nelly war schlau und nicht ganz wehrlos. Sie hatte sich in einem Buch über Kämpfe auf See informiert. Sie wusste, was eine Breitseite war und dass man auf der so genannten Mars kämpfte. Sie kannte Enterhaken und wusste, dass man mit dem Angriff warten sollte, bis man das Weiße in den Augen seines Feindes sehen konnte. Unten in der Kombüse bewahrte sie eine ganze Sammlung aus Küchenmessern und eine Schachtel Streichhölzer auf. Im Strickkorb lagen ihre Nadeln, und auf Deck standen die chinesischen Hunde, die sie aus dem Arbeitszimmer ihres Vaters mitgenommen hatte. Dazu kamen Fässer mit Schießpulver und der Kohleneimer mit den Kanonenkugeln. Nelly hatte alles, was man für ein Gefecht brauchte. Allerdings hatte sie noch nie gekämpft. Sie war auch noch nie von Piraten angegriffen worden, hatte noch nicht einmal einen Piraten gesehen, zumindest keinen echten. Aber es gab für alles ein erstes Mal.

»An die Kanonen!«, rief Nelly, während Kolumbus vor- und zurücktänzelte, den Kopf weit vorgestreckt, damit ihm auch nichts entging. Er war verängstigt und auch ein wenig verwirrt. Nelly nicht. Sie fühlte alles auf einmal: Das Piratenschiff und das Streichholz in der Hand, das Knistern der Hundeschwänze (die Lunten waren) und der Ruck der Explosionen war alles eins. Und als sie den Rauch ihrer Kanonen sah, wollte sie am liebsten laut singen.

»WUUUUUUMM!!!!«, machte das Piratenschiff, und Nellys Hunde bellten zurück, erst der eine, dann der andere. Als sie ihr Ziel erreichten, flogen rote Splitter in alle Richtungen. Dennoch waren Nellys Kanonen viel kleiner als die des *Roten Drachen,* und es waren ja auch nur zwei – zwei kleine Hündchen gegen ein ganzes Rudel von Kanonen, eine rote Wand aus Kanonen, die alle gleichzeitig feuerten.

WUUUMM!!!,

machte das Piratenschiff, und die heißen Eisenkugeln flitzten zischend durch die Luft. Eine Kugel zerriss das Tauwerk der *Nelly*, eine andere knickte den größten Mast um. Und durch den Rauch und Donner kam der Drache mit seinem weit aufgerissenen Maul auf sie zu. Auf der äußersten Zungenspitze stand jemand: Es war der Piratenkapitän selbst, ein Tau in einer Hand, einen Säbel in der anderen. Er war ganz in Rot gekleidet und lachte bösartig.

Der Kapitän hatte ein rotes Tuch um den Kopf gebunden und trug rubinrote Ohrringe. Sein rotes Hemd hatte rote Knöpfe, und seine Stiefel waren aus rotem Leder. Die Hand, in der er den Säbel hielt, steckte in einem roten Handschuh, und selbst das Innere seines Mundes leuchtete rot. Nur seine kleinen Zähne waren weiß.

»Unbesiegbar!«, schrie er und schwang sich auf Nellys Deck hinab, und wenn sie sich nicht schnell genug geduckt hätte, wäre wohl schon alles vorbei gewesen.

Der Kampf ging hin und her, sie sprangen von Deck zu Deck, schwangen sich ins Tauwerk, foch-

ten seitwärtstänzelnd wie kleine Krebse. Während Nelly unermüdlich mit ihrem Küchenmesser (das sie eigentlich zum Schneiden von Kohlköpfen benutzte) die Angriffe des Piraten parierte, fragte sie sich die ganze Zeit, wieso er ihr so bekannt vorkam. Es lag nicht an seinen rubinroten Ohrringen oder seinem roten Seidenmantel. Auch nicht an seinem schmallippigen Lächeln oder den goldenen Schnallen an den Schuhen, und ganz bestimmt nicht an seinen roten Kniebundhosen aus Satin.

Vielleicht ist er ein Freund meiner Mutter, überlegte sie, aber sie wusste ganz genau, dass ihre Mutter keine Freunde hatte. Außerdem konnte sie sich nicht erinnern, jemals jemanden getroffen zu haben, der so sehr auf Rot stand.

Vielleicht hatte sie seine Fotografie im Katalog von Explorius gesehen?

Es war eine außergewöhnliche und wirklich verwirrende Situation. Nelly wunderte sich, dass sie gedanklich nicht in den Schubladen wühlte, in denen sie etwas zu Piraten finden würde, nicht einmal in der Schublade für Rüpel und Grobiane suchte sie, sondern in einer ganz anderen, die etwas mit liniertem Notizpapier und gespitzten Bleistiften zu tun hatte.

Und während sie sich das Hirn zermarterte, ging der Kampf weiter.

FITZZZ,

machte der Piratensäbel.

FAUCH!

Vielleicht würde die Frage auch bald keine Rolle mehr spielen, weil es niemanden mehr gab, der sie stellen konnte. Ein Porträt im Bad? Ein Traum? Nur ein Déjà-vu? Nelly fischte im Trüben nach Antworten und kämpfte gleichzeitig um ihr Leben. Sie stieß zu, duckte sich, sprang in die Luft und schlug ein Rad, bis der Pirat mit einer schlauen Drehung aus dem Handgelenk und einem freudigen Aufheulen Nelly das Messer aus der Hand schlug. In hohem Bogen platschte es ins Wasser.

»NICHT ZU STOPPEN!«, kreischte er, und Nelly konnte an seinen scharfen weißen Zähnen vorbei bis tief hinab in seinen Rachen sehen. Doch als er mit seinem Säbel auf Nelly zusprang, schlug ein Geistesblitz zwischen ihren Ohren ein wie eine stumm feuernde Kanone.

»Natürlich«, sagte sie. »Du bist der Postbote!«

»Das bin ich nicht!«, sagte der Pirat.

»Doch, natürlich«, sagte Nelly. »Und da sind ja auch deine Stifte.«

Ja, da waren sie. Ordentlich aufgereiht glänzten sie in seiner Hemdtasche, genauso wie Nelly es zu Hause gesehen hatte.

Kapitel Sieben

Als Nelly aufwachte, lag sie in einer Hängematte. Es war nicht ihre eigene, und auch die Kabine war ihr unbekannt. In der Ecke stand ein Schreibtisch mit rotem Lederüberzug. Am Sprossenfenster hingen rote Vorhänge. Die Tapete war rot, der Teppich war rot, und an einem Haken an der Tür hingen die rote Piratenuniform und der Säbel des Postboten. Alles war rot außer dem Meer und dem Mann, der neben ihr saß. Er hatte seinen roten Seidenmantel und die Kniebundhosen gegen ein weißes Hemd und eine frisch gebügelte schwarze Hose ausgetauscht. Er hielt ihr ein Glas Wasser hin und sah sie freundlich an.

»Wie geht es dir?«, fragte er.

»Wie geht es *dir?*«, fragte Nelly zurück. Sie hatte noch genau vor Augen, wie er sie in zwei Stücke hacken wollte, aber sie hatte keine Angst mehr vor ihm. Das Wasser war erfrischend und die Hängematte sehr gemütlich. Als sie mit den Zehen wackelte, spürte sie Kolumbus am Fußende.

»Ich fühle mich viel mehr wie ich selbst«, gab der Postbotenpirat zurück.

»Was auch immer das heißt«, sagte Nelly und lachte. »Zuerst bist du Postbote und dann Pirat. Das ist doch genau das Gegenteil. Oder warst du schon immer Pirat?«

»Das kann ich so nicht sagen«, gab ihr Gastgeber zu und putzte seine goldene Brille. »Wenn ich Postbote bin, bin ich Postbote. Und wenn ich Pirat bin, bin ich Pirat. Du könntest mir zum Beispiel erzählen, dass ich heute Morgen dein Schiff angegriffen und versucht hätte, dich eiskalt zu töten …«

»Aber das hast du ja auch. Das kannst du doch nicht leugnen.«

»Ich kann mich nur nicht daran erinnern«, sagte er und zuckte mit den Schultern. »Vielleicht liegt es am Wetter. Oder an der Arbeit. Die ist nicht einfach, verstehst du? Vor allen Dingen nicht zu Weihnachten – so viele Geschenke, so viele Karten. Ich muss hetzen wie ein Verrückter, um sie alle rechtzeitig auszuliefern. Und die ganzen Formulare!«

Er seufzte und zeigte Nelly seine Hände. Ihr fiel nichts Besonderes an ihnen auf, außer vielleicht ein paar Tintenflecken. »Manchmal werde ich vor lauter Stress wohl einfach zum Piraten.«

»Das sollte ich dem Postamt melden«, sagte Nelly.

»Ja, das solltest du wohl.«

»Aber ich habe eine bessere Idee. Ich suche nämlich jemanden und weiß nicht, wo er ist. Und du als Postbote hast vielleicht seine Adresse. Nein, die hast du sogar ganz bestimmt, weil du alle seine Briefe auslieferst. Du kommst alle zwei Wochen zu uns und nimmst sie mit, zusammen mit den gestrickten Sachen meiner Mutter.«

»Und wer soll dieser Jemand sein, den du suchst?«, fragte der Postbote.

»Mein Vater«, antwortete Nelly. »Kapitän Woody Wellenflieger von der Ehrenwerten Forschungsflotte.«

Dieser Name elektrisierte den Postboten so sehr, dass Nelly sich kurz ängstlich fragte, ob er sich wieder in einen Piraten verwandeln würde. Seine Nasenlöcher, aus denen schwarze Haare sprossen, weiteten sich, und seine Augen leuchteten eisig blau. Er bleckte die Zähne. Selbst sein Schnurrbart schien schwärzer und spitzer als zuvor. Nelly war fasziniert, wie schnell sich seine Laune ändern konnte.

»Kennst du ihn?«, fragte sie.

»Ob ich ihn kenne?«, sagte der Postbote mit knirschenden Zähnen. Zu Nellys Erleichterung blieb er jedoch sitzen. »Natürlich kenne ich ihn. Woody Wellenflieger, der die Salzwasserraupe entdeckt hat. Woody Wellenflieger, der sechs Mal hintereinander

den Admiralspokal für Nachtnavigation gewonnen hat. Der alte Woody, der Klassenbester war und im Orchester der Akademie die erste Geige gespielt hat. Natürlich kenne ich ihn! Kapitän Woody Wellenflieger, der die schönste Frau in der ganzen Marine geheiratet hat«, seufzte er. »Und du bist seine Tochter?«

»Ja«, sagte Nelly.

»Tja, das hätte ich mir ja denken können«, sagte der Postbote und blickte traurig auf Nellys Haar. »Aber wo er ist, kann ich dir trotzdem nicht sagen.«

»Natürlich kannst du! Du bist der Postbote. Du lieferst die Post aus. Du weißt, wo alle Leute wohnen.«

»Vielleicht stimmt das, vielleicht auch nicht. Aber die Regeln sind nun einmal die Regeln.«

»Welche Regeln?«

»Die Postregeln«, sagte er und sah einen Augenblick so besserwisserisch aus, dass Nelly ihm gerne eine Ohrfeige gegeben hätte. »Ich mache die Regeln nicht, aber muss mich daran halten. Ansonsten verliere ich meinen Job.«

»Ach du Dummkopf!«, rief Nelly und brach in Tränen aus. Am liebsten wollte sie ihm wieder auf der *Nelly* gegenüberstehen, um ihn mit ihrem

Küchenmesser anzugreifen. Sie war wütend und hungrig, und sie hatte so einen langen Weg hinter sich und war doch nicht weitergekommen. Sie weinte bitterlich, und der Postbote flehte sie an, aufzuhören. Er rang die Hände, bot ihr sein rotes Stofftaschentuch an, nahm seine Brille ab und setzte sie wieder auf, starrte an die Decke und verzog das Gesicht – und schließlich, weil er verstand, wie enttäuscht sie war, gab er nach.

»Ach na gut«, sagte er. »Wenn es dir so wichtig ist.«

Kapitel Acht

Weihnachten feierten Nelly und Kolumbus gemeinsam mit der Mannschaft des *Roten Drachen,* die sich von den Launen ihres Kapitäns ganz offensichtlich nicht aus der Ruhe bringen ließ. Sie trugen graue Uniformen und aßen die Weihnachtsgans mit demselben Gesichtsausdruck, mit dem sie auch das Geschirr abwuschen – nämlich vollkommen gelangweilt. Doch was ihnen an Persönlichkeit fehlte, machten sie durch harte Arbeit wett. Sie schrubbten die Decks der *Nelly* und tauschten den zerbrochenen Mast gegen einen Ersatzmast ihres eigenen Schiffs aus. Er passte perfekt. Sie füllten die leeren

Fässer im Frachtraum. Sie polierten das Messing und frischten den Lack auf. Währenddessen stopfte Nelly die Löcher in ihren Segeln mit neuer bunter Wolle.

Sie taten alles, was sie für ein Schiff tun konnten, das noch immer auf hoher See war. Als Nelly und Kolumbus für die Weiterfahrt bereit waren, winkte ihnen der Postbote zum Abschied und sah dabei ein wenig traurig aus.

An Neujahr segelte Nelly los, und zuerst blies der Wind stark und gleichmäßig. Neben ihr lag ein Säbel mit einem roten Griff, den der Postbote ihr zu Weihnachten geschenkt hatte. An ihrer Jacke hatte sie eine Drachenbrosche mit glitzernden, rubinroten Augen. Und im Frachtraum lagen Briefe, Päckchen und Holzkisten voller Strickwaren, die für Kapitän Wellenflieger und seine Mannschaft bestimmt waren. Außerdem eine goldene Taschenuhr für ihren Vater und ein Packen roter Seidentaschentücher für ihre Mutter.

Am besten gefiel Nelly eine Karte mit einem großen

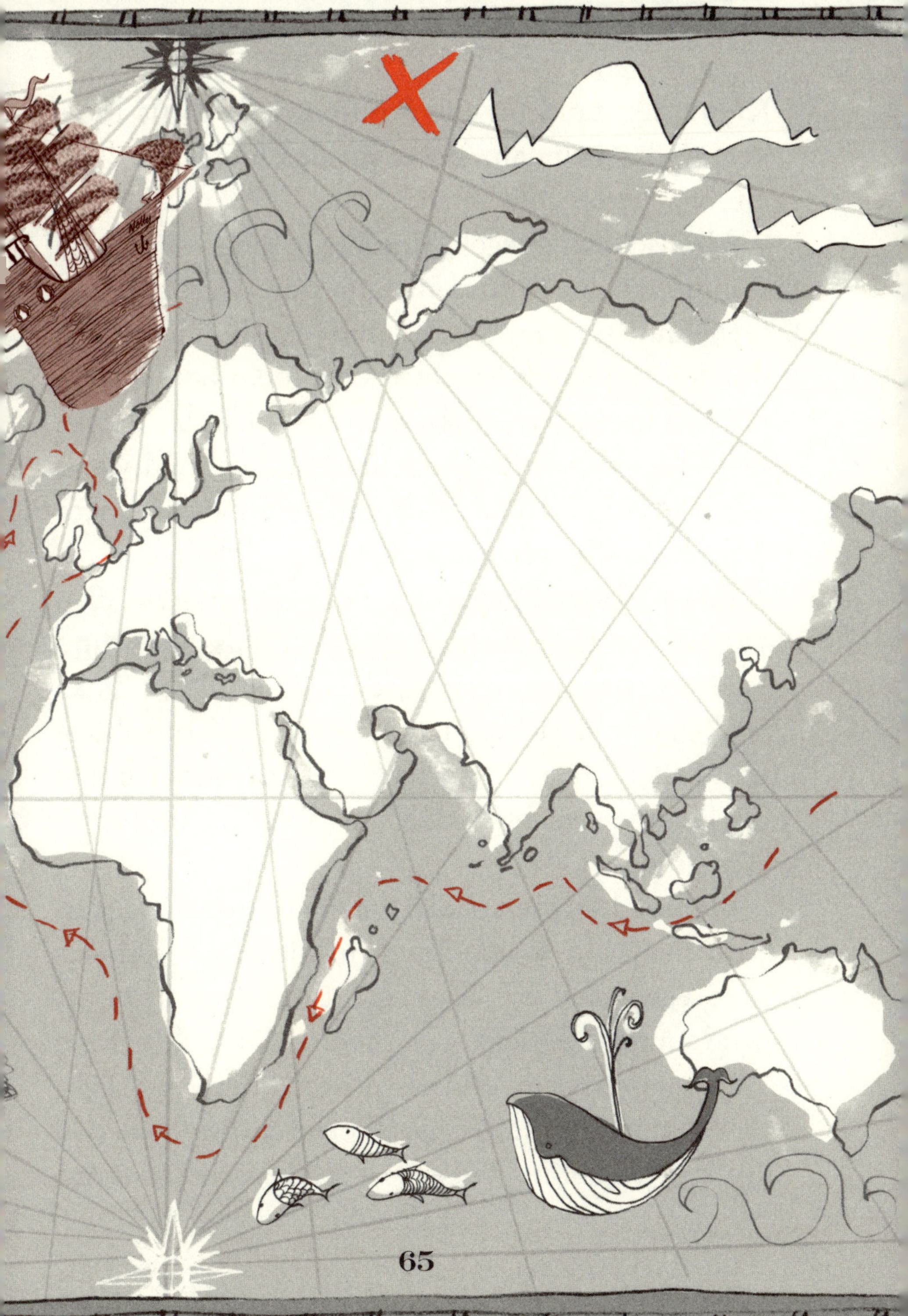

Kreuz. Es stand für die Position des Schiffs ihres Vaters, das sich ganz oben auf der Welt und dann ein bisschen rechts befand.

Alles schien geregelt, und Nelly sang vor Freude, weil sie offiziell für das Postamt unterwegs war und Geheimnisse kannte, die nur Postboten wissen durften. Links und rechts neben dem Schiff spielten Delfine, die wie Babywale aussahen. Sie hatten helle Bäuche und kleine scharfe Zähne, und wenn sie sich seitlich zu Nelly drehten und sie aus einem Auge beobachteten, schienen sie zu lächeln.

Eines Morgens entdeckte Nelly überrascht, dass das Wasser andersherum in den Abfluss floss, und bald war die Luft so kalt, dass sie an Deck dicke Socken tragen musste. Es gab plötzliche Sturmböen und Regenschauer, und wenige Wochen, nachdem die Delfine verschwunden waren, sah sie ihre erste Wasserhose.

Während Wasserstrudel einen nach unten ziehen, wird man von Wasserhosen in die Höhe gerissen. Deswegen sind sie aber nicht weniger beängstigend – und vielleicht sogar noch gefährlicher. Eine Wasserhose ist ein Wirbelsturm auf See, und diese hier schien wie ein riesiger Elefantenrüssel aus den Wolken bis tief ins Wasser zu reichen und alles aufzusaugen, als ob sie etwas suchte. Sie zischte und schwankte erst in die eine, dann in die andere Richtung, sodass Nelly nicht erkennen konnte, ob sie sie aufsaugen oder an ihr vorbeiziehen würde. Je näher sie kam, desto genauer konnte Nelly erkennen, was die Wasserhose mit sich führte: Seetang, kleine Tintenfische, einen ganzen Schwarm Sardinen, die in der Luft im Kreis zu schwimmen schienen. Dazu kamen Haie, ein Oktopus und ein Gelbflossen-Thunfisch.

Die Wasserhose kam so nah, dass Nelly sich sicher war, dass auch sie aufgesaugt werden und in einer Wolke würde leben müssen, bis es das nächste Mal regnete. Doch gerade, als sie den ersten Wassernebel im Gesicht spürte, fiel die Wasserhose mit einem Zischen und Sprudeln in sich zusammen. Auf das Schiffsdeck prasselte ein Schauer aus fingergroßen, silbernen Fischchen.

Nelly briet die Fische mit einem Spritzer Zitrone an und zeichnete einen Pfeil in ihr Logbuch, um zu markieren, dass die Wasserhose sich im Uhrzeigersinn gedreht hatte. Am nächsten Morgen zog sie eine Wollstrumpfhose und Fäustlinge aus dem

Schrank. Und abends trank sie eine Tasse Kakao. Der Postbote, der sich gewundert hatte, wie lang sie ohne ausgekommen war, hatte ihr ein ganzes Fass Kakaopulver mitgegeben.

»Und ist mein Vater auch Pirat?«, hatte sie ihn gefragt.

»Wahrscheinlich nicht«, antwortete er. »Aber er ist ein Sammler. Und das ist fast genauso schlimm, wenn nicht noch schlimmer.«

»Und du hast ihn gekannt, als ihr jung wart?«

»Genau. Wir sind fast wie Brüder zusammen aufgewachsen.«

»Aber nicht wie richtige Brüder?«

»Nein. Wir hatten beide keine Familie.«

»Also wart ihr Waisen?«, fragte Nelly.

»Ja, Waisen«, bestätigte der Postbote.

Nelly wollte noch viel mehr Fragen stellen, ließ es aber bleiben, als sie sah, wie sich die Nasenlöcher des Postboten schon wieder weiteten.

»Zieh dich also warm an«, sagte er zu ihr. »Und vergiss nicht, deiner Mutter die Taschentücher zu geben.«

Kapitel Neun

Nelly war im Frühling losgesegelt, als ihr Apfelbaum blühte und die Sonne heiß und hell schien. Sie war nach Süden gesegelt, und die Sonne war ihr gefolgt, war immer heißer geworden, bis Nelly fast ganz unten auf der Welt angekommen war, wo man Weihnachten mitten im Sommer feiert. Aber nun segelte sie wieder nach Norden, wo es das ganze Jahr über kalt ist. Je näher sie dem Kreuz auf der Karte des Postboten kam, desto weniger wusste sie, was sie dort erwarten würde. Sie hatte ihren Vater nie getroffen, nicht einmal einen Brief hatte sie von ihm bekommen. Sie wusste nicht, wie seine Stimme klang und ob er klein oder groß war. Tatsächlich hatte sie, bis sie den Postboten getroffen hatte, nur deswegen gewusst, dass er noch lebte, weil ihre Mutter manchmal so über ihn sprach, als hätte er gerade erst den Raum verlassen.

»Dein Vater mag Rhabarberkuchen«, sagte sie

plötzlich beim Mittagessen. Oder beim Abendbrot: »Wenn Kapitän Wellenflieger kommt, backe ich ihm eine Schokoladentorte.«

Aber Kapitän Wellenflieger kam nicht, und während Nelly wartete, malte sie sich aus, wie er war. Dabei halfen ihr die Dinge, die er zurückgelassen hatte: die Bücher im Regal und die Andenken auf dem Sims, das Löschpapier auf dem Schreibtisch und die Bronzehunde links und rechts neben dem Kamin. Sie hatte seine Memoiren gelesen und starrte im Flur auf sein Porträt, das neben den Bildern ihrer Verwandten und der Herren der Ehrenwerten Forschungsflotte hing. Aber sie wusste genauso wenig über ihn, wie sie über den Inhalt der ganzen Briefe und Päckchen im Frachtraum wusste (die Stricksachen ihrer Mutter natürlich ausgenommen). Wenn sie versuchte, sich ihn vorzustellen, hatte sie das Gefühl, in einen tiefen Brunnen oder das ausdruckslose Gesicht des Mondes zu sehen. Der Mond wurde auf ihrem Weg nach Norden immer größer, wie ein Guckloch in einen hell erleuchteten Raum.

Bald war es so kalt, dass Nelly heißes Wasser über einen Knoten gießen musste, wenn sie ihn lösen wollte. »Eisberge«, schrieb sie in ihr Logbuch und segelte vorsichtig an ihnen vorbei: Einige waren wie Klauen geformt, andere wie Torbögen oder Brotlaibe. Auf einem, der flach wie eine Briefmarke war, stand ein Eisbär. Nelly hatte Mitleid mit ihm und überlegte, ob sie ihn zu sich einladen sollte. Er

sah sehr dünn, traurig und einsam aus, aber auch hungrig. Er stand auf dem Eis, und seine schwarzen Krallen berührten das Wasser. Er leckte sich die Lippen und starrte Nelly ohne zu blinzeln an. Als er gähnte, sah sie, dass die Zunge und das Innere seines Mauls ebenfalls schwarz waren, nur die Zähne waren spitz und gelb. Also ließ sie ihn dort stehen und malte ein Bild von ihm in ihr Logbuch. Er schien plötzlich klein in der Wintersonne, die sein Fell rosa wirken ließ und einen langen Schatten hinter ihn warf.

Bald wurden die Tage so kurz, dass die Sonne gar nicht mehr aufging und Nelly ihre Arbeit im Mondschein erledigen musste. Sie hackte das Eis vom Deck und schlug es von den Segeln, die wie Stahl glänzten. Ihren Kurs berechnete sie in der Kabine bei Kerzenlicht, und auch ihre Jonglierübungen machten sie im Dunkeln, was die Sache natürlich erschwerte. Trotzdem zerbrach sie keine einzige Tasse. Es wurde kälter und kälter.

Als der Wind mit einem Mal aus allen Richtungen gleichzeitig zu kommen schien, erkannte Nelly, dass sie ihr Ziel fast erreicht haben musste. Davon hatte sie im *Forscherfreund* gelesen, weshalb sie auch nicht überrascht war, als sich ihr Kompass wie wild zu drehen begann, denn das passiert, wenn ein Kompass nicht mehr nach Norden zeigen kann. Am Himmel sah sie wunderschöne, tanzende Farben, die man Aurora borealis oder Nordlicht nannte. Sie wusste, dass es am Nordpol kein Land gab, nur Treibeis, und wenn sie ins Wasser fiel, würde sie in wenigen Augenblicken zu einem Eiszapfen gefrieren. Aber als Nelly das rote Kreuz auf der Karte des Postboten erreichte, schienen die Eisberge merkwürdigerweise kleiner und weniger zu werden. Ihre scharfen Kanten wurden weicher, und aus dem Wasser stieg träger Dampf auf.

Wann ist eine Reise vorbei? Zwischen einem Atemzug und dem nächsten. Die Luft, die so kalt gewesen war, dass das Atmen schwerfiel, wurde dicker. Ein warmer Dunst legte sich in Tröpfchen auf Nellys Schal, konnte aber die Eiszapfen am Tauwerk nicht schmelzen. Das ganze Boot war umgeben von Nebel, der im Mondlicht schimmerte. Er kam aus dem Wasser und glitzerte, sobald er zu Eis gefror. Laut Nellys Berechnungen war sie nur noch einige Meilen vom Nordpol entfernt, aber statt von Eis bedeckt zu sein, schien der Ozean wie Suppe zu dampfen, und der Nebel war voller Geräusche. Um sie herum klatschte, gurgelte und seufzte es, und im Hintergrund hörte sie ein dumpfes Grummeln wie einen Güterzug in der Ferne. Plötzlich sah Nelly einen Schatten hinter sich, der sich als ihr eigener herausstellte. Dann sah sie einen Schatten vor sich, der gar kein Schatten war. Er sah aus wie ein Mann, der seine Arme zu einem Willkommensgruß ausgebreitet hatte und dessen Ärmel in Fetzen herabhingen. Er war dünn und steif, und er hielt ein Licht über dem Kopf. Aber dann sah sie, dass der Mann gar kein Mann war, dass seine Ärmel Segel waren, sein Körper ein Mast, und der Mast steckte in dem riesigen Rumpf eines Schiffswracks. Die Oberseiten der Segel waren weiß, und der Frost glitzerte auf ihnen. Die zerfetzten Unterseiten flatterten im Wind. Als Nelly näher kam, konnte sie den Namen des Schiffs erkennen: *Schwarzer Drache*.

Kapitel Zehn

Der *Schwarze Drache* machte keinen freundlichen oder einladenden Eindruck. Als Nelly ein Leuchtsignal abschoss, erhielt sie keine Antwort, auch nicht, als sie auf den Fingern pfiff und durch das Schiffsmegafon rief. Sie hörte nur das Echo ihrer eigenen Stimme, was ihr an diesem Ort merkwürdig vorkam, als ob jemand anders sprach. Es war niemand zu sehen, der sie willkommen heißen würde, weder im Tauwerk noch auf Deck, weder am Steuerrad noch am Bug. Es war, als ob sie zu einem Geisterschiff sprach, das von weißer Atemluft aus einer anderen Welt umgeben war, und so war es fast eine Erleichterung, dass keine Flagge gehisst oder ein Boot heruntergelassen wurde. Und es war richtiges Glück, dass die Galionsfigur – ein Drache – sich nicht zu ihr umdrehte und sie anstarrte.

Kapitän Wellenfliegers Schiff stand dunkel und bewegungslos, als ob es sagen wollte: »Komm an

Bord, wenn du dich traust oder wenn du jede Hoffnung aufgegeben hast.«

Also ging Nelly an Bord, denn sie hatte gesagt, dass sie ihren Vater finden würde, und wenn sie etwas sagte, dann tat sie es auch. Sie packte alles Wichtige in einen Seesack, pustete das Gummiboot auf, das sie von zu Hause mitgenommen hatte, und ruderte zu dem anderen Schiff hinüber. Jeder Schlag mit dem Paddel ließ eine kleine Dampfwolke aus dem Wasser steigen. Dann kletterte sie die Ankerkette hinauf, an den Schnecken vorbei, die an der Seite des Schiffs hingen, bis sie das Deck erreicht hatte, auf dem sie von niemandem erwartet wurde. Es war grau und verlassen, von glitzerndem Frost überzogen, und in der Mitte stand eine Falltür offen wie ein Loch in der Welt.

Es war nicht angenehm, an einem solchen Ort zu stehen. Nelly starrte auf das Loch, das aussah wie ein offener Mund. Sie stieg hinab, obwohl sie sich nicht vorstellen wollte, was sie dort finden würde oder wie tief sie klettern müsste. Sie stieg hinab, weil sie schon so weit gereist war und nicht nach Hause zurückkehren wollte, ohne etwas berichten zu können. Mit den Zehen fühlte sie nach den Treppenstufen und mit den Fingern nach dem

Geländer, und es war, als kletterte sie in den Panzer einer riesigen, ausgestorbenen Schildkröte. Aber sie blieb ruhig, und als sie unten ankam, stand sie vor einer Tür, unter der ein Streifen Licht hervorschien.

»NUR FÜR HERREN«, stand auf einem Schild. Also trat Nelly ein.

Es war ein recht großer Raum. Entlang der einen Seite standen Bücherborde hinter Glastüren, entlang der anderen Regale mit Probengläsern, die im Licht des Kaminfeuers und der grünen Lampenschirme an der Wand glitzerten. Es gab ein Dutzend oder mehr ramponierte Ledersessel, rot und grün, die um den Kamin standen, und dahinter entdeckte Nelly einen kleinen Mann in einer Matrosenuniform, der ein Tablett mit Getränken trug. Nelly wusste, dass sie ihn schon einmal irgendwo gesehen hatte, konnte sich jedoch nicht genauer erinnern. Wen sie aber sofort erkannte, waren die bärtigen Männer, die in den Sesseln saßen. Es waren dieselben, die auf dem Foto im Arbeitszimmer ihres Vaters zu sehen waren: die berühmten Ehrenwerten Herren der Forschungsflotte.

»Kannst du nicht lesen?«, sagte einer von ihnen, während er die Zeitung in den Schoß legte und auf die Tür zeigte.

»Wie bitte?«, fragte Nelly.

»Ich sagte: Kannst du nicht lesen?«, wiederholte der Mann.

»Keine Damen«, sagte ein zweiter grob. »Ganz einfach.«

»Aber ich bin keine Dame«, erwiderte Nelly.

»Auch keine Mädchen«, sagte der erste Mann, der ein Monokel vor dem Auge und eine silberne Trillerpfeife um den Hals trug.

»Was willst du überhaupt?«, fragte ein dritter, der

vor Empörung sogar aufstand. Er war rot im Gesicht, und an seinem dünnen Hals wackelte eine aufgeregte Hautfalte. Alle waren dünn und schienen wütend auf sie zu sein, weil sie kein Ehrenwerter Herr war. Einige standen auf und fuchtelten mit den Fäusten; andere sahen sie böse über den Rand ihrer Zeitung hinweg an. Manche hatten buschige Backenbärte, andere gepflegte Spitzbärte – und alle bissen sie ärgerlich auf ihren Tabakspfeifen herum.

»Ich bin Kapitän Wellenfliegers Tochter«, rief Nelly und stampfte mit dem Fuß auf. »Und Abgesandte des Postamtes! Ich komme ganz allein von weit her gesegelt und habe alle möglichen Gefahren überstanden. Ich bin müde und hungrig, mir ist kalt, und ich will meinen Vater sehen!«

»Warum sagst du das nicht gleich?«, antwortete das Monokel.

»Aber Kapitän Wellenflieger hat gar keine Tochter!«, warf ein Mann mit einem riesigen, graumelierten Schnurrbart ein.

Und schon diskutierten sie untereinander, um das Feuer gedrängt, flüsternd, weil sie nicht belauscht werden wollten, jedoch durch den ganzen Raum hörbar. Das machten Erwachsene oft. Sie fragten sich, ob sie Nelly ein Glas mit Milchpulver oder

einen Keks geben sollten und wo sie schlafen sollte, und als es darum ging, welche Toilette sie benutzen konnte, gerieten sie sich fast in die Haare. Sie stritten über die Vereinsregeln, und einer schlug vor, dass Kapitän Wellenflieger ausgeschlossen werden sollte, was zu einer Runde besonders wütender Pfeifenbisse und aufgeregtem Zeitungsrascheln führte, bis der Mann mit dem Monokel sie zur Ordnung rief.

»Du sagst, du bist Wellenfliegers Tochter?«, fragte er.

»Ja, das bin ich.«

»Und Abgesandte des Postamtes?«

»Ja.«

»Dann wäre es doch am einfachsten, wenn du direkt mit Kapitän Wellenflieger sprichst.«

»Hört, hört!«, riefen seine Kollegen. »Da hat er recht!«

»Aber wo ist er?«, fragte Nelly.

»Unterwegs«, sagte das Monokel, bei dem es sich offensichtlich um den Anführer der Gruppe zu handeln schien.

»Auf dem Berg«, erläuterte einer der Herren mit einem buschigen Backenbart.

»Dem Berg?«, fragte Nelly.

»Das sage ich doch«, blaffte das Monokel. »Auf dem Berg mit diesen Halunken. Der Bootsmann kann dich zu ihm bringen.«

Aber der Bootsmann war nirgendwo zu sehen, und auch als das Monokel auf seiner silbernen Trillerpfeife blies, kam niemand angerannt.

»So ein kleiner Kerl im Matrosenanzug«, sagte er. »Gerade war er noch hier.«

»Meine Tasche!«, rief Nelly. Sie war ebenfalls verschwunden. Nelly hatte sie neben sich auf den Boden gestellt, und nun war sie mit dem Bootsmann verschwunden.

»Zur Hölle mit dem Kerl!«, rief das Monokel. »Hinterhältige Diebe, die ganze Bande!«

»Wir müssen ihn verfolgen!«, rief Nelly.

»Wir?«, fragte das Monokel und legte die Hand auf die Brust. »*Wir*? Oh nein, das glaube ich kaum. Er ist bestimmt schon halb auf dem Berg, und das ist wirklich kein Ort für Damen und auch für Ehrenwerte Herren nicht. Für überhaupt keine zivilisierten Menschen irgendeiner Art. Kapitän Wellenflieger und seine Mannschaft leben da oben wie die Wilden. Ja, sie *sind* wild, sie sind verwildert, ausnahmslos. Und ich fürchte, dein Vater ist der Schlimmste von allen.«

»Aber verstehst du nicht?«, sagte Nelly. »In der Tasche ist meine Schildkröte.«

»So ein Pech«, sagte das Monokel.

»In der Tat«, sagte ein anderer.

»Schildkrötenfleisch ist wirklich köstlich«, fügte der Mann mit dem buschigen Backenbart hinzu, und er sah aus, als hätte er es schon einmal probiert.

»Aber was geschehen ist, ist geschehen«, sagte das Monokel. »Bleib lieber hier bei uns.«

»Auch wenn wir keine Marmelade mehr haben.«

»Und kein Toastbrot mehr.«

»Und keine Butter.«

»Auch wenn wir wie verhungernde Bettler von Dosenfleisch und Tee leben«, sagte das Monokel. »Es ist deutlich besser, bei uns hier unten zu bleiben, als sich dort oben in Gefahr zu bringen. Selbst wenn du eine Dame bist. Selbst wenn du die Herrentoilette benutzen musst. Warum auch nicht? Du kannst nach dem Händewaschen auch mein Handtuch nehmen.«

»Aber gerade hast du noch gesagt, dass ich mit dem Mann im Matrosenanzug gehen soll. Du hast gesagt, es ist ganz einfach. Und jetzt sagt ihr, ich soll hierbleiben, nur weil ihr euch selbst nicht traut. Und ihr nennt euch Ehrenwerte Herren!

Und Forscher! So ein Unsinn! Ihr seid einfach eine Horde Feiglinge!«

Darauf folgte ein großes Geschrei, dann Stille, und dann räusperten sich die Ehrenwerten Herren der Forschungsflotte und spielten an den Knöpfen ihrer Anzugjacken herum und klopften ihre Pfeifen am Kaminsims aus. Sie drucksten herum, wiegten sich auf den Zehenspitzen hin und her, starrten auf den Teppich und an die Decke.

»Du weißt ja nicht, was da oben los ist«, sagte einer.

»Riesige Schlangen«, sagte ein anderer.

»Menschenfressende Katzen«, sagte ein dritter.

»Heiße rote Lava«, sagte ein vierter.

»Heiße rote Lava?«, fragte Nelly. »Am Nordpol?«

»Aber sicher«, sagte der Mann mit dem buschigen Backenbart. »Das kannst du ruhig glauben.«

»Mir ist ganz egal, was da oben los ist«, sagte Nelly zornig. »Wenn ihr nicht mitkommt, gehe ich eben alleine.«

Also gingen sie los.

Kapitel Elf

Nellys Reiseleiter setzten Fellmützen auf und wickelten sich lange Schals um, die fast bis auf den Boden hingen. Sie trugen enge Pullover und robuste Wanderstiefel. In ihren Rucksäcken nahmen sie Dosenfleisch und warmen Tee in Isolierkannen mit. Zwei oder drei von ihnen hatten Gewehre dabei, die sie jedoch nicht zu beruhigen schienen, als sie ein

Boot ins Wasser ließen und vom *Schwarzen Drachen* und Nellys Schiff fortruderten. Ständig blickten sie über die Schulter, sagten: »Pssst«, und lauschten angestrengt. Als das Boot mit einem leichten Schlag auf Grund lief, sprangen sie alle gleichzeitig auf.

»Huch!«, rief der Mann mit dem graumelierten Schnurrbart.

»Pssst«, sagte das Monokel.

»Land in Sicht«, sagte Nelly. Und so war es: Land am Nordpol, wo es eigentlich kein Land geben sollte.

Einer nach dem anderen sprangen sie aus dem Boot, trotteten über einen Strand aus weichem grauem Pulver und weiter auf einen Bergpfad, zwischen dessen Steinen hier und da dünne Rauchfetzen emporstiegen. Als Nelly ihre Begleiter fragte, woher der Rauch kam, brachten sie sie schnell zum Schweigen und sagten, dass sie alle umkehren müssten, wenn Nelly nicht still sein könne.

»Das meine ich ernst!«, sagte das Monokel.

»Ab sofort!«, sagte der Mann mit dem buschigen Backenbart und hielt den Zeigefinger vor den Mund, um zu zeigen, wie ernst er es meinte.

Also behielt Nelly ihre Fragen für sich, obwohl sie so viele davon hatte: Wo war der Bootsmann? Was machte ein rauchender Berg dort, wo eigentlich nur Treibeis sein sollte? Und war ihr Vater immer noch Forscher, oder war er wirklich verwildert? Sie fragte sich, was mit ihm geschehen und ob er wirklich so gemein geworden war, dass er aus Kolumbus eine Schildkrötensuppe machen würde.

»Unmöglich«, flüsterte sie und eilte hinter den Männern her. Es war schwierig, mit ihnen Schritt zu halten, weil Nellys Beine so zitterten und sich der Boden wie Wackelpudding anfühlte. Sie war so lange auf See gewesen, dass sich für sie das trockene

Land genauso anfühlte wie das Wasser. Es schien sich in Wellen zu erheben, und Nelly verlor ständig das Gleichgewicht. Sie versuchte, sich an allem Möglichen festzuhalten, auch wenn gar nichts zum Festhalten da war.

Sie kletterten aufwärts, rutschten auf Eis aus und wateten dann durch Schnee, der ihnen bis zu den Knien reichte. Manchmal wollte Nelly ihren Begleitern zurufen, dass sie langsamer gehen sollten, manchmal wollte sie aber auch noch schneller vorwärtskommen, weil sie solche Angst um Kolumbus hatte. Hoffentlich fürchtete er sich in dem Seesack nicht. Sie dachte an seine alte Keksdose, die mit Sand gefüllt war und unter ihrem Bett zu Hause stand. Sie dachte daran, wie er den Garten ihrer Mutter nach Schnecken durchstöberte oder zwischen den Stachelbeeren döste. Sie konnte sich einfach nicht vorstellen, ihn zu verlieren. Allein beim Gedanken daran wurde ihr übel. Also konzentrierte sie sich auf den Boden vor sich oder die Umrisse ihrer Begleiter, die im dicker und kälter werdenden Nebel immer schwerer auszumachen waren. Sie dachte an den Pier zu Hause, wo sie mit Kolumbus gesessen und sich ihr Abenteuer ausgedacht hatte, und sie

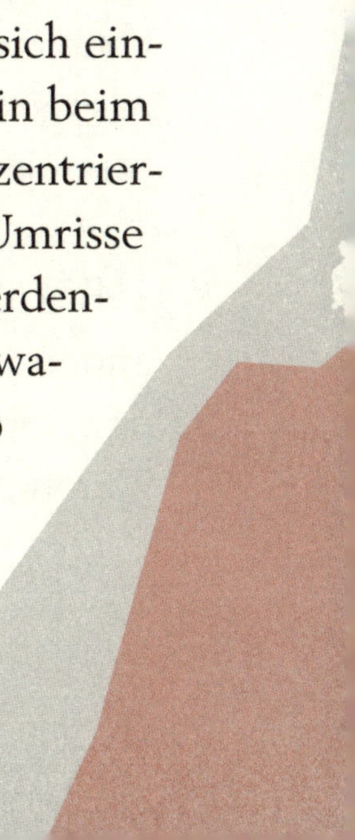

wünschte sich, dass sie niemals losgefahren wäre. Denn was hätte sie davon, ihren Vater zu finden, wenn sie dafür ihren besten Freund verlieren würde? Es fühlte sich an, als ob sich in ihrem Inneren ein Wollknäuel abrollte, und wenn die Wolle ganz verschwunden wäre, würde ihr gar nichts bleiben.

Nelly kletterte weiter, aber die Umrisse ihrer Reiseleiter wurden so schwach, dass sie sie manchmal ganz aus den Augen verlor. Der Nebel schloss sie ein, und sie stolperte voran, ohne zu wissen, ob sie noch in die richtige Richtung ging. Sie wusste nur, dass sie weitergehen musste, denn wenn sie sich ausruhte, würde sie im Schnee einschlafen und niemals mehr aufwachen. Aber vielleicht würde ja Kolumbus mit ihr sprechen, wenn sie einschlief, und dann musste sie gar nicht mehr aufwachen, weil sie für immer zusammen sein würden. Also setzte sie sich hin, und kurz darauf fand das Monokel sie.

»Los, los«, sagte er. »Wir warten alle auf dich.«

Er führte sie das letzte Stück bis dorthin, wo die anderen Ehrenwerten Herren in einer Reihe standen, über dem Nebel, ihre Rücken dem sternenklaren Nachthimmel zugewandt.

Nelly wusste nicht, wie lange es gedauert hatte, auf den Berg zu klettern, oder wie hoch sie waren, aber es schien sehr, sehr hoch. Unter ihr lag der Nebel wie ein dickes Laken und wurde von einem riesigen Mond und den wechselnden Farben des Nordlichts beleuchtet. Der Anblick war so schön, dass sie eine ganze Weile still dastand und den eiskalten Polarwind auf dem Gesicht spürte.

Als sie sich umdrehte, erblickte sie eine andere Welt.

Auf der einen Seite des Berges war Winter, aber auf der anderen schien Sommer zu sein. Nein, es war nicht die andere Seite, sondern das *Innere* des Berges, und sie stand auf dem Rand eines Kraters, der so groß war, dass sie nicht bis zur anderen Seite sehen konnte. Über ihr leuchteten die Sterne und das Nordlicht, und hinter ihr wehte der eisige Wind des Nordpols. Vor ihr blickte sie in die Tiefen des Kraters, der mit Millionen Bäumen übersät war, grün wie Brokkoli, und von denen feuchte, warme Luft nach oben stieg.

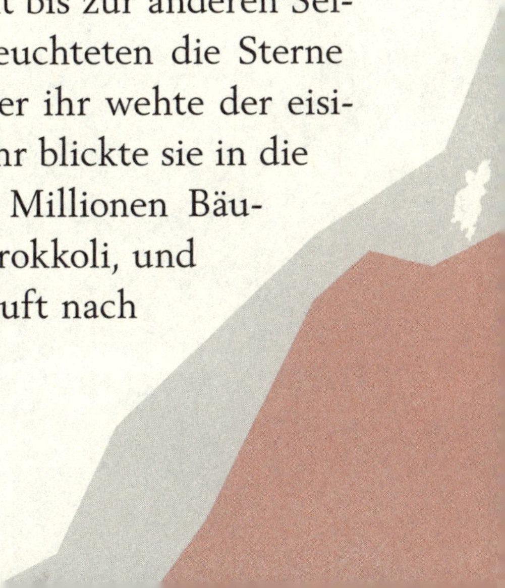

»Wie in einem Traum«, sagte Nelly und biss sich auf die Zunge, um sicherzustellen, dass es Wirklichkeit war.

»Du meinst wohl: wie in einem Albtraum«, korrigierte sie einer ihrer Begleiter.

»Eine lebendige Hölle«, stimmte der Mann mit dem buschigen Backenbart zu und sah hoffnungsvoll zu dem Pfad zurück, den sie gerade erklommen hatten, als ob er noch in dieser Minute zum Schiff zurückkehren, sich in den gemütlichen Sessel setzen und mit einer Zeitung und einer Tasse Tee in der Hand die Sicherheit genießen wollte.

»Aber wir müssen dich wohl trotzdem hinbringen«, seufzte das Monokel. »Schließlich bist du nur ein Mädchen.«

Kapitel Zwölf

Sehr betont und langsam, als spräche er mit einer Idiotin, erklärte das Monokel, dass Kapitän Wellenflieger mit seiner Mannschaft tief im Wald lebe und über einen Pfad zu erreichen sei, der sich zwischen den Bäumen hindurchschlängele. Es sei unerlässlich, sagte er, dass Nelly immer auf dem Pfad bleibe, denn der Wald sei voller wilder und gefährlicher Tiere.

»Spinnen!«, zischte er.

»Giftige Baumfrösche!«, ergänzte einer der anderen.

»Jaja«, sagte Nelly lachend. »Und menschenfressende Katzen!«

Sie war wütend, weil das Monokel sie als Mädchen – *nur* ein Mädchen – bezeichnet hatte, und wollte ihn fragen, was er eigentlich dachte, mit wem er sprach. Aber ihre Begleiter drohten, dass sie auf der Stelle umkehren würden, sollte Nelly noch ein einziges Wort sagen.

»Still!«, flüsterten sie und »Psssst!«, und sie liefen rot an vor Anstrengung, möglichst wenige Geräusche zu machen. Nelly solle nichts anfassen, warnten sie sie, und *keinesfalls* etwas in den Mund stecken. Sie solle die Augen aufsperren, damit nichts von oben auf sie herabfiel, und die Ohren, damit sie nicht von der Seite angesprungen wurde. Wenn sie auf Kapitän Wellenfliegers Mannschaft treffen sollten, sagten sie, solle sie sich ganz still verhalten und ihnen nicht direkt in die Augen sehen, weil sie das reizen würde. Und was Kapitän Wellenflieger selbst anginge, baten sie Nelly, ihn nur ja nicht zu provozieren, auch wenn sie seine Tochter war.

»Sie verehren ihn wie einen Gott, weißt du«, sagte das Monokel, und gerade als Nelly ihm sagen wollte, was für ein Unsinn das sei, hörten sie, wie oben in den Bäumen, ganz leise, Trommeln geschlagen wurden.

Sie gingen den Pfad hinunter, und als sich die Bäume über ihren Köpfen schlossen, vergab Nelly ihren

Begleitern ein bisschen ihre schlechten Manieren, weil sie sehen konnte, wie ängstlich sie waren und wie unbehaglich ihnen zumute war. Oben auf dem Grat des Kraters war es noch recht kühl. Durch raschelndes Laub sahen weißhaarige Affen auf sie hinab, und die gefrorene Erde knirschte unter ihren Füßen. Doch je tiefer sie gingen, desto wärmer wurde der Wald. Das Blätterdach wurde dichter, und es wurde immer dunkler. Im Unterholz hörte man es quieken und heiser zirpen. Hier und da war ein Husten und ein Bellen zu vernehmen, mal ganz nah, mal weiter weg, und plötzlich schoss eine Reihe Hühner aus einem Busch und quer über den Pfad. Aber als Nelly fragte, was Hühner am Nordpol zu suchen hatten, wurde sie von ihren Kameraden so ungeduldig zum Schweigen gebracht, dass sie das Fragen aufgab. Sie musste zugeben, dass es möglicherweise richtig war, vorsichtig zu sein.

Während die Gruppe tiefer in den Vulkan hinabkletterte, wurde der Wald immer dichter und wilder. Lange, grausame Dornen stachen heraus, und riesige Blumen wuchsen hier, die vielleicht rot, gelb oder blau waren, das konnte man in der Dunkelheit nicht genau sagen. Es gab Pflanzen, die wie Fäuste aussahen, und andere wie haarige Köpfe, außerdem welche, die gar keine Pflanzen waren, sondern Tiere: ein Haubenvogel, der wie ein Farn aussah, eine gigantische Spinne, die Nelly zuerst für eine Bananenstaude hielt. Es wurde so heiß, dass die Ehrenwerten Herren erst ihre Pullover auszogen und dann ihre Flanellhemden, bis sie schließlich nur noch Unterhemden trugen. Nelly, die mit ihrem Piratensäbel auf das Unterholz einhackte, behielt ihre Latzhose an, weil sie sie vor den Dornen und den ganzen Dingen schützte, die über den Boden raschelten. Kleine Lichter schienen aus der Dunkelheit, aber es waren keine Sterne, denn die waren durch das Blätterdach verdeckt. Nur hin und wieder schlich sich der Mond durch eine Lücke im Laub, sodass der ganze Wald aussah, als wäre er mit Kreide auf eine Tafel gemalt.

Die ganze Zeit wurden die Trommeln lauter und lauter, sodass es manchmal schwer zu sagen war, ob die Geräusche aus dem Wald kamen oder ob es ihr Herzschlag war. Nelly hatte das Gefühl, dass alles um sie herum atmete und summte, hechelte und brummte. Es war, als ob ihr Blut, das sie in den Ohren rauschen hörte, auch durch die Bäume und Blätter floss und durch die gewaltigen lang gestreckten Kelche der tropischen Pflanzen, in denen sich

Regenwasser sammelte. Immer wieder streifte ihr etwas über das Gesicht oder kitzelte sie unter dem Arm. Auch schienen immer wieder hastig Tiere aus dem Weg zu springen, die dann im Unterholz aufgeregten Lärm veranstalteten. Nelly zuckte ständig zusammen und unterdrückte einen Schrei nach dem nächsten, bis sie, als sie gerade durch eine Pfütze Mondlicht ging, einen riesengroßen Tausendfüßler entdeckte, der stachelig und glänzend über ihren Stiefel krabbelte. Da schrie sie wirklich.

Sie schrie, aber im gleichen Moment brüllte neben ihr etwas so laut, dass es den Schrei übertönte und die so genannten Herren der Ehrenwerten Forschungsflotte ohne einen Blick zurück in den Dschungel stürzten und Nelly ganz allein zurückließen.

Allein im Dschungel zu sein ist etwas ganz anderes, als allein auf dem Meer zu sein, weil es dem Meer egal ist, ob man allein ist oder nicht. Ein heftiger Sturm wütet, und man denkt, dass der Sturm einen ertränken will, aber im Grunde weiß er gar nicht, dass man da ist. Im Gegensatz zum Dschungel: Der weiß ganz genau, wo man ist. Er findet es gut, wenn man allein ist. Er *will*, dass man allein ist. Denn wenn man allein ist, kann er einen besser schnappen.

Im Dschungel fühlt man sich beobachtet, und wahrscheinlich stimmt das auch. Man ist allein zwischen lauter Dingen, die einen essen, stechen oder mit giftigen Zähnen beißen wollen. Jederzeit kann man angesprungen oder aufgespießt werden, und es gibt absolut gar nichts, was man dagegen machen kann, außer sorgfältig zu lauschen und die Augen und Ohren offen zu halten. Genau das tat Nelly. Sie hörte, wie die Herren der Ehrenwerten Forschungsflotte lärmend herumstolperten und sich immer weiter entfernten. Ab und zu hörte sie einen Schuss und einen Schrei. Sehr wahrscheinlich, dachte sie, wurden ihre Begleiter gerade lebendig aufgefressen, so wie es ihr bestimmt auch passieren würde.

Ich hätte niemals losreisen sollen, dachte sie. Ich hätte mit Kolumbus zu Hause bleiben und mich um meine Mutter kümmern sollen.

Aber sie wurde nicht gefressen, und als ein Tier aus dem Wald trat, war es kein Löwe und auch kein Tiger, sondern eine ganz normale Hauskatze. Sie war schwarz, mit weißem Fell am Hals und Bauch. Ihre Augen, die Nelly anblickten, waren golden.

»Hier bin ich«, schien ihr Blick zu sagen. Und dann zwinkerte sie Nelly kurz zu und ging den Pfad entlang, den Schwanz steil in die Luft gereckt.

Also folgte Nelly der Katze, so wie sie den Forschern gefolgt war, durch Dornen, an knubbeligen Baumstämmen und Laub vorbei, das sich anfühlte wie weiche Lederhandschuhe. Was sollte sie auch

sonst tun? Sie wusste nicht, wo sie war, und noch weniger, wo sie hinging. Deswegen vertraute sie der Katze, die in der Dunkelheit schwer zu sehen war. Manchmal sah sie nur den Schwanz, der wie ein Fragezeichen über dem Unterholz schwebte. Die Trommeln wurden lauter und lauter, die Luft immer schwerer, und als Nelly zwei mächtige Salatblätter zur Seite schob, stand sie plötzlich auf einer Lichtung, und es war so heiß, dass Nelly dachte, jemand hätte die Ofenklappe geöffnet.

Kapitel Dreizehn

Im Schatten der großen Salatblätter sah Nelly sich um: Sie erblickte dicke Baumstümpfe und Tische mit weißen Decken. Und um ein großes Feuer tanzte, genauso wie sie es zu Anfang der Reise in Kolumbus' Traum gesehen hatte, eine Gruppe kleiner Männer, die nichts anhatten als die Strickwaren ihrer Mutter. Nelly entdeckte den Bootsmann, der (trotz der Hitze) seine Matrosenuniform gegen Wollmütze, Schal und Handschuhe ausgetauscht hatte. Sie alle tanzten mit glitzernden Augen und borstigen Bärten im Kreis um das Feuer. Am ganzen Körper hatten sie Tätowierungen von Fischen, Vögeln und Tieren, die im Schein der Flammen lebendig zu sein schienen. Der Feuerschein warf die Schatten der Tanzenden über die ganze Lichtung auf die Baumstämme hinter ihnen.

Es war alles genauso, wie Kolumbus es ihr vor vielen Monaten schon gezeigt hatte, als Nelly träumend

in ihrer Kabine lag: der weiße Berg, der wie ein Wasserkessel dampfte, der Wald, der Feuersee, der in Wahrheit ein See aus Lava war. Ihr alter Freund hatte alles vorhergesehen. Und da war er auch: Er lag auf einem kleinen Felsen neben der Lava, wie immer tief schlafend, seine Schnauze ruhte auf der bemalten Oberseite des Steins.

Nur einer fehlte: Kapitän Wellenflieger selbst.

Doch dann trat auf der anderen Seite der Lichtung ein großer Mann aus dem Wald. Er trug einen verknitterten Schlafanzug und auf dem Kopf einen Dreispitz. Mit einem Stock in der Hand eilte er über die Lichtung, als hätte er einen wichtigen Termin.

Später würde Nelly sagen, dass es eine Sache ist, als Baby von seinem Vater verlassen zu werden, aber noch einmal eine ganz andere, dabei zusehen zu müssen, wie er und seine Mannschaft sich darauf vorbereiten, ihre Schildkröte zu grillen. Doch sie konnte nichts tun. Sie fühlte sich hohl und wie erstarrt. Sie konnte sich nicht bewegen und nichts sagen, nur dastehen wie am Rand eines Traumes, den

Säbel in der Hand. Sie sah, wie Kapitän Wellenflieger aus dem Wald trat und seine Männer vor ihm zurückwichen. Sie sah, wie er neben den Lavasee trat, seinen Stock erhob und, als die Trommeln verstummten, einen Moment lang still dastand. Sie sah, wie Kolumbus auf dem Stein schlief und dass sein Panzer auch bemalt worden war – mit Blumen und Sternen, einer Sonne und einem Mond.

Dann senkte Kapitän Wellenflieger seinen Stock wieder, und es geschah etwas, das Nelly nicht erwartet hatte: Die Sonne ging auf. Sie erschien hinter den Bäumen, und ihre Strahlen erhellten die Lichtung. Sie schienen direkt auf Kolumbus' Panzer, streckten sich über den Boden und das grüne Moos und trafen schließlich auf die Männer ihres Vaters. Die hoben die Arme und begannen zu singen. Das Sonnenlicht verteilte sich über die Lichtung, als wäre der Frühling selbst ein Lied. Das Leuchten der Lava ging in der Helligkeit unter. Schließlich erreichte es auch Nelly, die immer noch wie angewurzelt im Schatten stand. Da hob Kolumbus seinen kleinen Kopf und gähnte, und es war, als würde Nelly von einem Zauber erlöst. Sie trat aus dem Wald und ging an den singenden Männern vorbei, die sich zu ihr drehten und ihr zulächelten, und als sie ihre Schildkröte hochnahm, breitete Kapitän Wellenflieger die Arme aus, und seine Augen funkelten vor Freude und Überraschung.

»Nelly!«, sagte er. »Was machst du denn hier?«

»Ein Paket abholen«, sagte Nelly.

»Aber natürlich«, antwortete Kapitän Wellenflieger. »Und genau pünktlich zur Party.«

Kapitel Vierzehn

Nelly war noch nie auf einer Party gewesen, zumindest auf keiner richtigen. Das Weihnachtsessen an Bord des *Roten Drachen* zählte nicht, weil die Mannschaft des Postbotenpiraten beileibe nicht die richtigen Leute zum Feiern gewesen waren. Sie hatten keinen Salto rückwärts gemacht, hatten nicht mit brennenden Zweigen jongliert, Feuer gespuckt oder sich gegenseitig auf den Schultern gestanden, in einer Art Menschenpyramide, zwanzig Männer hoch, und auf der Spitze hatte keiner mit einer gestohlenen Kapitänsmütze gestanden, der so tat, als ob er Befehle rief. Sie hatten nicht den Gesang der Vögel nachgeahmt – so echt, dass man den Unterschied nicht mehr erkannte – und auch nicht wie Tiger und Paviane gebrüllt, und sie hatten aus dem Dschungel kein Tanzlied gewoben, das Nelly das Gefühl gab, als würden der ganze Wald und all seine Tiere und Pflanzen in ihrem Inneren leben.

Genau das tat Kapitän Wellenfliegers Mannschaft. Als die Sonne aufging, seufzten und raschelten die Männer wie Wind in den Baumkronen. Sie sangen ein Lied über den Frühling und verabschiedeten den Winter und verbrannten all ihre Kleider – ihre Wollschals, Mützen und Handschuhe – im Lavasee, um dann jauchzend in einen richtigen See zu springen, den Nelly in der Dunkelheit zuvor gar nicht gesehen hatte. Sie plantschten darin herum, und der Bootsmann tauchte sie nacheinander unter, Kapitän Woody Wellenflieger eingeschlossen, der angezogen ins Wasser watete. Aber als Nelly an der Reihe war, tauchte der Bootsmann sie nicht sofort unter. Stattdessen lächelte er und legte Nellys Hände auf seinen Kopf, sodass sie ihn zuerst untertauchen konnte. Dann machte er dasselbe mit ihr. Und als sie wieder an die Oberfläche kam, überreichte er ihr Kolumbus, der auf der Suche nach etwas Leckerem herumgepaddelt war.

Nachdem das Singen und Tanzen vorbei war und auch das Festessen, das nur aus vegetarischen Speisen bestand, legten die Männer sich große Blätter über das Gesicht und dösten in der Sonne ein. Rundum waren die Tischdecken mit Saft bekleckert und die Teller leer. Zwischen den Blumen flatterten Schmetterlinge, und die Bäume waren voll von Vogelgesang, so süß und hell wie die Sonnenstrahlen, die durch das Laub drangen. Nelly saß mit Kolumbus in den Armen da, und alles war so friedlich, dass sie am liebsten nur den summenden Bienen und den leise schnarchenden Männern zugehört hätte, die anscheinend genau wussten, wie man in einem Wald in einem hohlen Berg ganz oben auf der Welt zu leben hatte. Ein Teil des Geheimnisses war offensichtlich, nicht zu sprechen, sondern den Mund nur zu öffnen, um zu singen. Aber Nellys Kopf war voller ungesagter Dinge, und sie konnte sich nicht ausruhen, bevor sie sie nicht alle ausgesprochen hatte.

»Warst du also die ganze Zeit hier?«, begann sie, ein wenig beleidigt.

»Oh nein«, sagte Kapitän Wellenflieger, der neben ihr saß, das Kinn auf den Knien, sodass der Bart seine Schienbeine bedeckte. Und er erklärte, dass er wirklich nach einem Jahr hatte zurück sein wollen, aber es war alles anders verlaufen als geplant. Der erste Sturm hatte ihn in die eine Richtung geweht, der nächste in die andere. Er war von Banditen gekidnappt und von Piraten gejagt worden. Einmal war er fast verdurstet und konnte sich nur retten, indem er einen Teebeutel erfand, der das Salz aus dem Meerwasser saugte.

»Schmeckt ganz köstlich«, erklärte er bescheiden. »Am besten schmeckt es mit einem Spritzer Zitrone, die, wie du weißt, ganz hervorragend geeignet ist, um Skorbut zu vermeiden.«

»Von diesen Teebeuteln hättest du mir ein paar schicken können«, sagte Nelly, die sich daran er-

innerte, wie durstig sie gewesen war, bevor sie den Postbotenpiraten getroffen hatte.

»Aber das habe ich doch«, sagte Kapitän Wellenflieger. »Sag mir nicht, dass du sie nicht bekommen hast.«

»Habe ich nicht«, sagte Nelly.

»Was ist mit den Manschettenknöpfen?«

»Welche Manschettenknöpfe?«

»Und den Knochenkängurus und den Tanzmäusen und den versteinerten Seeanemonen?«

»Habe ich alles nicht bekommen!«

Kapitän Wellenflieger sah so entsetzt aus, dass er Nelly fast leidtat. Er sagte, dass er ihr Geburtstags- und Weihnachtsgeschenke geschickt habe, jedes Jahr seit Beginn seiner Reise. Die ersten Geschenke seien ein Dutzend bemalte Schnecken gewesen und ein Schildkrötenei in einer Keksdose.

»Das zumindest ist angekommen«, sagte Nelly und fuhr mit dem Finger über die gemalten Blumen auf Kolumbus' Panzer.

»Ja«, sagte Kapitän Wellenflieger, »das zumindest ist angekommen.«

Später würde Nelly sagen, dass ihr Vater nur so übersprudelte vor Erklärungen, was sein Glück war, schließlich hatte Nelly auch noch eine Menge Fragen an ihn. Am Nordpol, sagte er, war es den ganzen Winter über dunkel und den ganzen Sommer über hell, sodass es nur eine Nacht pro Jahr gab und einen Tag. Nelly war gerade rechtzeitig zur Frühjahrs-Tag-und-Nacht-Gleiche gekommen, was die ganze Aufregung und die Party erklärte und auch die Sache mit Kolumbus, der in den Augen der Mannschaft eine magische Schildkröte war.

»Wir haben ihn auf einer pazifischen Insel gefunden«, berichtete Kapitän Wellenflieger, »zusammen mit den Schnecken. Die lebten in den Bäumen, aber Kolumbus und seine Geschwister waren noch in ihren Eiern, die auf dem Strand im Sand vergraben waren. Als die Babyschildkröten dann schlüpften, krabbelten sie hinunter zum Wasser, aber ich fürchte, nur wenige von ihnen haben es dorthin geschafft, weil sie von hungrigen Seemöwen geschnappt wurden. Das war so ein furchtbarer Anblick, dass meine Männer sofort zu Vegetariern wurden, und als sie ein Ei fanden, das noch unversehrt war, brachten sie es zu mir und baten mich, die Schildkröte darin zu retten.«

»Und hier ist er jetzt.«

»Ja, und hier ist er jetzt. Was das ganze Theater erklärt. Weißt du, die Mannschaft hat sich eine Geschichte zu ihm ausgedacht. Sie sagen, dass er zwar von ihnen gegangen sei, aber dass er eines Tages wiederkommen würde. Und wenn es so weit wäre, würde alles wiedergeboren werden. Gewissermaßen ist es ja auch so gewesen.«

Kapitän Wellenflieger lächelte. »Sie nennen ihn die Schildkröte, die die Welt träumt.«

»Verehren sie mich denn auch?«, fragte Nelly.

»Ich glaube, sie wissen gar nicht, wer du bist«, sagte Kapitän Wellenflieger. »Ich glaube, niemand weiß das. Zumindest noch nicht.«

Das machte Nelly ein bisschen traurig, und sie saß einen Augenblick lang stumm da und hörte dem Vogelgesang zu, der aus den Bäumen floss.

»Woher kommt das alles?«, fragte sie.

»Du meinst den Berg?«

»Ja.«

»Und den Wald?«

»Ja.«

»Und alles darin?«, flüsterte Kapitän Wellenflieger. »Ja, das scheint wirklich unmöglich.«

Kapitel Fünfzehn

Dann erfuhr Nelly die Geschichte ihres Vaters von Anfang an: wie er mit seiner Mannschaft und den Ehrenwerten Forschungskollegen auf eine wissenschaftliche Entdeckungsreise gegangen war, welche Länder er besucht hatte, welche Flüsse er hochgesegelt war, welch merkwürdige Pflanzen und Tiere er gesammelt hatte. Während Kapitän Wellenflieger sprach, leuchteten seine Augen, und er gestikulierte wild. Manchmal grummelte er wie ein Bär oder schnappte wie ein Fisch nach Luft. Manchmal hielt er inne und gab einen erschreckten Laut von sich, als würde er wirklich zum ersten Mal ein besonders wildes Wildschwein oder einen Blütennasen-Maulwurf sehen. Und Nelly hatte das Gefühl, dass auch sie das alles sah, und als er vom Ende seiner Reise berichtete, als er schließlich im Treibeis nahe am Nordpol gefangen war, konnte sie fast hören, wie die Planken seines Schiffs knirschten und brachen.

»Es war eine endlose Eisdecke, die sich zu allen Seiten ausdehnte«, sagte Kapitän Wellenflieger. »Und jeden Tag schloss sie sich enger um uns wie ein Monster, das mit den Zähnen knirschte. Wir wurden vom Packeis zerquetscht, und gleichzeitig hatten wir einen solchen Hunger, dass ich beschämt zugeben muss, dass meine so genannten Ehrenwerten Herren Kollegen von der Forschungsflotte überlegten, unsere Fracht zu essen. Aber das ließ die Mannschaft nicht zu. Der Bootsmann stellte eine Wache vor die Tür zum Frachtraum und versteckte den Schlüssel zur Vorratskammer. Drei Monate lang lebten wir von Haferflocken und geschmolzenem Schnee.«

»Und dann?«

»Eine gigantische Explosion unter Wasser«, flüsterte Kapitän Wellenflieger. »Eine Eruption auf dem Meeresgrund, die so nah war, dass sie das Eis brach und unsere Segel in Brand steckte. Gerade noch war der Himmel eiskalt und blau gewesen, und plötzlich war er voller Lava und Steine, groß wie Klaviere, die durch die Gegend flogen. Es hörte nicht auf, und wir warteten nur darauf, dass das Schiff sinken würde. Doch mit einem Mal war es vorbei, und mitten im Meer stand ein Berg, der von

so dichtem Nebel umhüllt war, dass man nur dann glauben konnte, dass es ihn gab, wenn man gesehen hatte, wie er geboren worden war.«

»Ein Vulkan?«, fragte Nelly.

»Ein Vulkan«, bestätigte Kapitän Wellenflieger. »Am Nordpol. Ein so unerwartetes Wunder, dass wir uns einen ganzen Monat lang hätten hinsetzen können, um uns auszumalen, wie wir gerettet werden könnten – von einem Stamm herumziehender Inuit, einem Heißluftballon, einem freundlichen Wal –, ohne dass uns diese Möglichkeit auch nur in den Sinn gekommen wäre. Ein Vulkan am kältesten Ort der ganzen Welt.«

»Verblüffend!«, staunte Nelly.

»Beeindruckend!«, stimmte Kapitän Wellenflieger zu.

»Unglaublich!«

»Ja! Aber willst du wissen, was am allerverrücktesten ist? Als wir endlich wieder unser eigenes Wort verstehen konnten, fingen meine mutigen Ehrenwerten Kollegen an zu quengeln, dass sie nach Hause wollten. Männer, die sich Forscher nennen.«

»Nach Hause?«

»Ja, nach Hause«, grummelte Kapitän Wellenflieger und legte die Stirn in so tiefe Falten, dass er seine eigenen Augenbrauen sehen konnte. »Männer, die sich Wissenschaftler nennen! Jammern über warme Bäder und gebuttertes Toastbrot, während sie vor einem brandneuen Vulkan stehen, der direkt vor ihnen entstanden ist – unerforscht, unbenannt, noch kein Mensch hatte einen Fuß darauf gesetzt. Meine Mannschaft und ich, wir waren neugieriger. Wir ließen ein Boot ins Wasser und gingen an Land. Wir kletterten bis auf den Gipfel. Wir blickten über den Rand und fanden im Inneren des Berges Erde, die so reich und gut war wie Schokoladenpudding.«

»Aber es war nicht wirklich Schokoladenpudding?«

Kapitän Wellenflieger lachte. »Nein, aber würde es dich überraschen, wenn dieser ganze Wald aus ein paar Marmeladengläsern käme?«

»Quatsch!«

»Doch, wirklich. Unser Schiff war voll mit Proben aus der ganzen Welt – wir hatten alle Tiere und Pflanzen gesammelt, die du dir nur vorstellen kannst, wunderschöne und seltene Lebewesen und auch solche, die auf den ersten Blick ganz normal aussehen. Wir fingen

mit einem Salatsamen an, dann einige Radieschen und danach Früchte wie Schwarze Johannisbeeren und Himbeeren. Hier oben am Nordpol dauert ein Tag ja den ganzen Sommer, und der Vulkan schützte alles vor dem kalten arktischen Wind. Perfekt für Tomaten! Tatsächlich wuchs alles so schnell, dass wir unser Lebensmittelproblem bald gelöst hatten. Danach machten wir mit den Tieren weiter, erst den kleinen, dann den größeren. Nur die Herren der Ehrenwerten Forschungsflotte blieben unten, weil sie Feiglinge sind und sich nur für Toastbrot und Federbetten interessieren.«

»Sind sie wirklich so schlimm?«

»Schlimmer! Deswegen lasse ich sie einfach da unten versauern. Sie leben da jetzt mit den Schnecken, und wir leben hier oben im Regenwald. Nur der Bootsmann geht ab und zu runter, um nachzusehen, wie es ihnen geht. Er hat ein weiches Herz.«

»Aber wenn sie mir nicht geholfen hätten, würde ich jetzt nicht hier mit dir sitzen«, sagte Nelly.

Sie erzählte ihrem Vater, wie sie die Herren der Ehrenwerten Forschungsflotte auf dem *Schwarzen Drachen* getroffen hatte und wie sie sich einverstanden erklärt hatten, sie auf den Berg zu beglei-

ten. Und dann von dem Brüllen und der schwarzen Katze, die Nelly zu der Lichtung geführt hatte.

»Siehst du! Schon beim ersten Anzeichen von Gefahr rennen sie weg.«

»Aber sie haben sich bemüht«, sagte Nelly und dachte daran, wie das Monokel zurückgekommen war, als sie im Schnee gesessen und aufgegeben hatte. Ohne ihn wäre sie bestimmt erfroren. Und dann fragte sie sich, ob er und seine Freunde wirklich von Löwen und Tigern gefressen worden waren oder ob sie sich nur verirrt hatten und gefunden werden mussten.

»Wer ist der Bootsmann?«, fragte sie.

»Er ist der Chef der Matrosen und kümmert sich um das Schiff«, sagte Kapitän Wellenflieger. »Er sieht nach den Tauen, den Holzarbeiten, der Vorratskammer, all diese Sachen. Unser Bootsmann nimmt seine Aufgaben sehr genau.«

»Und du?«

»Was ist mit mir?«

»Nimmst *du* deine Aufgaben auch sehr genau? Solltest du dich nicht selbst um dein Schiff kümmern?«

»Und da unten mit diesen Schwachköpfen leben? Bin ich ein Forscher oder ein Briefbeschwerer?«

»Das weiß ich nicht, aber ich dachte immer, dass das die Aufgabe eines Kapitäns ist. Dass er auf seinem Schiff bleibt, egal, wie das Wetter ist. Und auch wenn es sinkt.«

Nelly spielte mit einem Wollfaden, der sich aus ihrer Strickjacke gelöst hatte.

»*Willst* du nicht nach Hause kommen?«

Zum ersten Mal schien Kapitän Wellenflieger nicht zu wissen, was er sagen sollte. Doch dann räusperte er sich und schnäuzte sich die Nase in ein blaues Taschentuch mit weißen Punkten.

»Ob ich will?«, fragte er. »Natürlich will ich. Aber Nelly, siehst du nicht, dass dieser Vulkan aus Gestein stammt, das aus der Mitte der Erde gekommen ist? Und dass es hier drinnen einen Platz für jedes Lebewesen und jede Pflanze gibt, sogar für einige, die es sonst nirgendwo gibt, nur hier in diesem Krater? Nimm beispielsweise das Moos, auf dem du sitzt. Das ist kein normales Moos. Eigentlich ist es ein enger Verwandter eines Seetangs, der auf dem Meeresgrund lebt, viele Meilen unter dem Nordpol. Wie kann er außerhalb des Wassers überleben? In dieser Hitze? Das weiß niemand. Auch nicht, warum dazwischen Gänseblümchen wachsen. Es

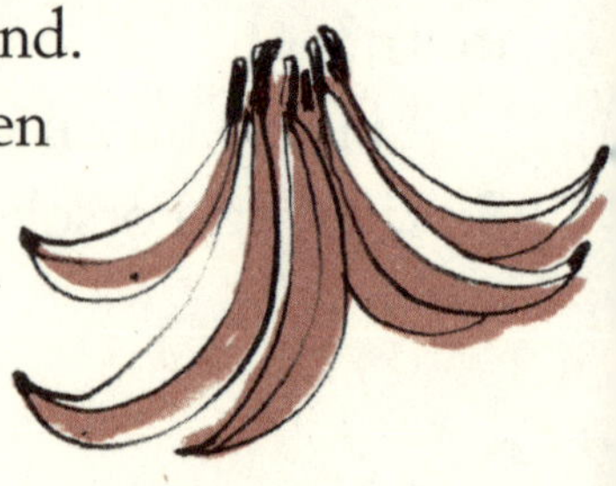

gibt Bananen in diesem Wald und Dreizehen-Faultiere aus Panama. Außerdem Igel, Pillendreherkäfer, Dachse, Pumas, Blindschleichen und eine Salamanderart, die in kochendem Wasser leben kann. Manche mögen die Kälte, manche die Wärme, einige mögen es trocken, andere feucht. Und für alle gibt es hier Platz. Alle sind sie hier zu Hause. Und du genauso, wenn du es nur so sehen würdest wie ich.«

»Also bist du wirklich verwildert«, sagte Nelly.

»Was immer das heißen soll«, sagte Kapitän Wellenflieger und blickte nach oben in die Baumkronen.

»Das weiß ich auch nicht. Vielleicht, dass du vergessen hast, wo du herkommst.«

Kapitän Wellenflieger ließ einen kleinen Schmetterling in allen Far-

ben des Regenbogens auf seinem Finger landen. »Das stimmt, ich komme nicht von hier. Aber woher komme ich denn dann? Und welche Rolle spielt das? Ich bin ein Waisenjunge, genauso wie meine Männer.«

»Aber ich nicht«, sagte Nelly. Nur dass sie es nicht wirklich sagte, sondern nur dachte. Sie hatte plötzlich das Gefühl, weinen zu müssen, aber sie wollte nicht weinen. Stattdessen fragte sie ihren Vater, wie er den Berg genannt hatte.

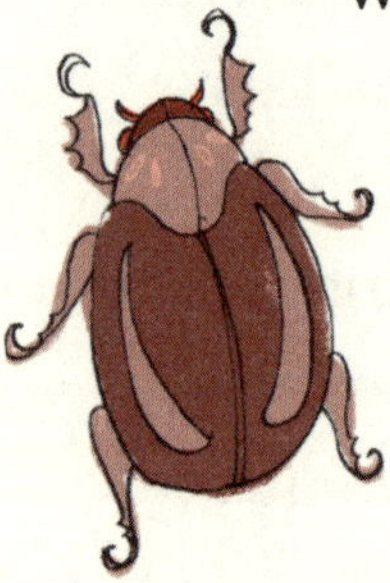

»Penelope«, antwortete Kapitän Wellenflieger. »Nach deiner Mutter.«

»Ein schöner Name«, sagte Nelly und wischte sich die Augen. »Ich glaube, jetzt müssen wir einen Suchtrupp losschicken.«

Kapitel Sechzehn

Sie fanden die Ehrenwerten Herren der Forschungsflotte auf einem Affenbrotbaum, sehr müde, sehr wütend und sehr verängstigt. Das Monokel war kaum wiederzuerkennen, bis er seine merkwürdige Brille wieder vors Auge klemmte, und dem Mann mit dem buschigen Backenbart fehlte ein Hosenbein. Sie saßen zwischen den Zweigen wie klapprige Krähen mit zerzausten Federn. Oder wie mittelalte Forscher, die auf einen Baum geklettert waren, von dem sie nicht mehr herunterkamen, sodass sie dort ausharren mussten, bis sie jemand rettete.

Es strichen keine Löwen, Leoparden oder hungrige Tiger um den Stamm, und es gab auch sonst keinen Grund, warum sie nicht wieder herunterkommen konnten. Aber sie hatten zu große Angst, was sie nur noch wütender werden ließ. Sobald sie also Nelly, Kapitän Wellenflieger und seine Mannschaft (die sich um die Spurensuche gekümmert

hatten) sahen, fingen alle auf einmal an zu schreien: Wie ungemütlich sie es hatten und wie hungrig sie waren! Wie die wilden Tiere sie durch den Dschungel gejagt hatten – Bären, Schlangen, Riesenratten! Sie wollten gerade von den menschenfressenden Katzen anfangen, als sie von einem Brüllen unterbrochen wurden, das sogar noch lauter war als das, was sie überhaupt auf den Baum getrieben hatte.

»Da ist es!«, kreischte einer.

»Hilfe!«, rief ein anderer.

»Mama!«, jammerte ein dritter.

»Reißt euch zusammen!«, rief Nelly und zog den Säbel.

Doch Kapitän Wellenflieger lachte nur und zeigte auf seine Füße. Dort rieb die schwarze Katze, die Nelly auf die Lichtung geführt hatte, ihren Kopf an seinem Bein.

»Hier ist das gefährliche Untier«, sagte er.

»Mumpitz!«, sagte das Monokel. »Das ist doch nur eine Miezekatze.«

»Aber seine Mutter war ein Panther«, entgegnete Kapitän Wellenflieger. »Leise Tatzen, lautes Brüllen.« Er beugte sich nach unten und kraulte die Katze zwischen den Ohren, bis sie schnurrte. »Er heißt Marco Polo und schläft in meinem Bett am Fußende.«

»Nun, es freut mich, dass ihr so gute Freunde seid«, sagte das Monokel, aber es klang nicht so, als ob er es auch so meinte. Er räusperte sich und hielt eine Rede.

»Du lachst über uns und nennst uns Feiglinge«, sagte das Monokel. »Aber es warst nicht du, der Nelly auf den Berg geführt hat, und ich wette, dass es auch nicht deine Idee war, uns zu suchen und zu retten. Du erinnerst dich hoffentlich noch an eine Vereinbarung unter Ehrenwerten Herren, die du schon so oft gebrochen hast, dass man es gar nicht aussprechen kann, solange eine Dame zuhört. Du hast uns versprochen, dass wir in einem Jahr zurück sein würden, und daraus ist nichts geworden. Du hast unsere Fracht aus dem Schiff geschmuggelt – das war einfach nur Diebstahl: Du hast uns *beklaut.*«

Das letzte Wort sagte das Monokel besonders langsam und deutlich, um zu betonen, wie schlimm es war.

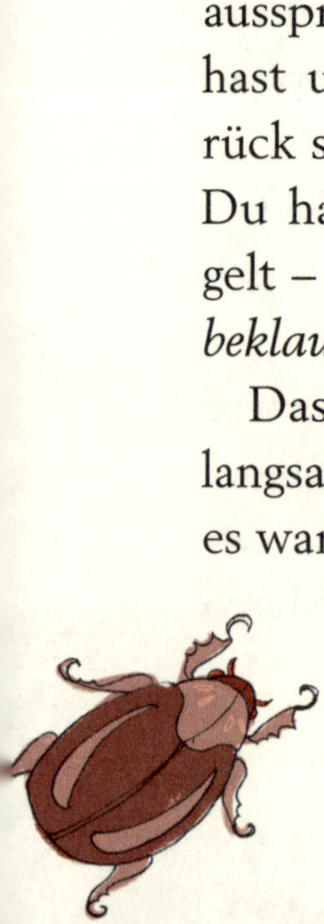

»Und dann hast du dein Schiff im Stich gelassen und bist in Schlafanzug und Dreispitz hier heraufgeklettert. Du hast deine Freunde und deine Familie vergessen und alles, was wir uns versprochen hatten, bevor wir losgesegelt sind.«

»Aber ihr hättet ja mitkommen können!«, sagte Kapitän Wellenflieger.

»Und hier oben leben wie Ohrenkneifer in einem hohlen Baumstumpf?«

»Ihr hättet ja auch nach Hause segeln können. Es hält euch doch niemand auf.«

»Du weißt ganz genau, dass wir nicht wissen, wie das geht. Aber was bringt das ganze Reden? Du bist eine Schande für die Flotte, Wellenflieger. Du kümmerst dich nicht um deine Leute. Deine Mannschaft verehrt dich, aber du bist kein Gott, und ein Kapitän bist du auch nicht. Du hast dich vollkommen verirrt, aber du merkst es nicht, und da oben ist auch niemand, der es dir sagen könnte.«

»Wer bin ich?«, sagte Nellys Vater mit bedrohlicher Stimme. »Und wer bist du, dass du so mit mir zu sprechen wagst?«

»Ich bin jemand, der ein Versprechen gegeben und es gehalten hat«, sagte das Monokel. »Während du deines gebrochen hast. Wenn du schon nicht auf mich hörst, dann hör wenigstens auf deine Tochter.«

Und plötzlich sahen sie alle Nelly an: die Herren der Ehrenwerten Forschungsflotte auf ihrem Affenbrotbaum, die Mannschaft von Kapitän Wellenflieger mit schief gelegten Köpfen und Kapitän Wellenflieger selbst, der nicht mehr lachte, sondern blass und ernst aussah.

Sie alle warteten, was Nelly zu sagen hatte. Zuerst konnte sie gar nicht sprechen. Sie dachte an Kolumbus und daran, wie sie sich gefühlt hatte, als sie dachte, dass sie ihn verloren hätte. Dann dachte sie an ihre Mutter zu Hause, die immer nur strickte. Sie dachte an das Rhabarberbeet und die Schnecken am Wasserhahn im Bad. Sie dachte an das Arbeitszimmer ihres Vaters, das seit so vielen Jahren leer stand. Sie dachte an ihr kleines Schiff, das so lange am Ende des Piers vor sich hin gerottet war, und an ihre Reise und die ganzen Gefahren, in die sie geraten war. Sie dachte daran, wie sie sich selbst versprochen hatte, nach ihrem Vater zu suchen, und dass sie ihn tatsächlich gefunden hatte. Und sie dachte, dass nun am Ende der Reise nichts so war, wie sie es sich vorgestellt hatte.

»Ach, ich weiß nicht«, sagte sie. »Ihr redet alle über euch selbst und über Feiglinge und Wilde und Götter und Kapitäne, aber niemand interessiert sich dafür, was *ich* gemacht habe oder wer *ich* bin, und ich habe wirklich viel gemacht. Ich habe ein Schiff, und *ich* weiß auch, wie man segelt und Knoten knotet und einen Kurs berechnet und einen Sturm überlebt. Kolumbus und ich haben den Weg zum Nordpol ganz alleine gefunden, und wir haben so viele Abenteuer erlebt, mit Piraten und Wasserhosen und so weiter. Ich könnte den ganzen Tag darüber erzählen, und ihr wisst, dass am Nordpol der Tag sehr lang ist. Aber ihr fragt mich gar nicht. Ihr macht nur genau das, was ihr schon gemacht habt, bevor ich ankam, und deswegen glaube ich, dass ich genauso gut wieder gehen könnte.«

Darauf folgte eine bedrückte Stille. Nur das Laub der Bäume raschelte.

»Oh, Nelly«, flüsterte Kapitän Wellenflieger. Er kniete sich vor sie. »Es tut mir so leid.«

Kapitel Siebzehn

Die Ehrenwerten Herren der Forschungsflotte waren so müde von diesem Dschungeldrama, dass sie sich, sobald sie auf der Lichtung ankamen, in die Hängematten legten und schliefen. Und Nelly schlief auch. Sie schlief so tief, dass sie beim Aufwachen gar nicht wusste, wo sie sich befand und was geschehen war. Kolumbus lag zu ihren Füßen, und einen Moment lang dachte sie, sie wäre zu Hause bei ihrer Mutter oder an Bord ihres Schiffs oder an Bord des *Roten Drachen,* auch wenn kein Postbote neben ihr saß, der ein Glas Wasser mit einem Schnitzer Zitrone darin hielt.

Und dann fiel ihr wieder ein, dass sie sich in der Kabine ihres Vaters befand, auf dem oberen Bett. Deswegen stieß auch ihre Nase fast an die Decke. Sie lag auf einer Matratze, die mit einem nicht besonders weichen Material gefüllt zu sein schien – vielleicht Pferdehaar –, und von unten stieg das

Summen eines kochenden Kessels und der köstliche Duft von Toastbrot und Kaffee zu ihr hinauf.

»Marmelade?«, fragte Kapitän Wellenflieger. »Quitte oder Rhabarber?«

»Rhabarber«, sagte Nelly und erkannte, dass nicht der Kessel summte, sondern Marco Polo, der in einem Schaukelstuhl lag und schnurrte. Er blinzelte ihr mit seinen goldenen Augen zu.

»Und jetzt«, sagte Kapitän Wellenflieger, als sie mit dem Essen fertig waren, »wird es Zeit, dass du mir von deinen Abenteuern berichtest.«

So erzählte Nelly von ihrem Schiff und wie sie es hergerichtet und die Segel gestrickt hatte und dass Kolumbus von dem Berg, der Mannschaft und der Kabine geträumt hatte, in der sie nun saßen. Sie erzählte ihm von den Stürmen und den Walen und ihrem Treffen mit dem Postboten, und ihr Vater schnappte erschreckt nach Luft, applaudierte dann und sagte, dass sie eine würdige Nachfahrin ihrer Vorfahren sei – alle mütterlicherseits natürlich, da ihr Vater ja ein Waisenjunge war: Da gab es einen berühmten Admiral, eine Großtante, die eine Perücke trug, Zigarren rauchte und ihr eigenes Schiff befehligte, und eine ganze Reihe von Piraten, Forschern und Wissenschaftlern in allen Ecken der Welt.

»Und hasst der Postbote dich wirklich?«, fragte Nelly.

»Das würde zumindest erklären, warum meine Briefe alle nicht angekommen sind«, sagte Kapitän Wellenflieger und knirschte mit den Zähnen. Er erklärte, wie sie zusammen in einem Waisenhaus der Marine aufgewachsen waren und wie sie zuerst alles gemeinsam gemacht hatten. Sie hatten sogar eine gemeinsame Briefmarkensammlung und entschieden, ihre ersten Schiffe nach ihren Lieblingsbriefmarken zu nennen: einem Roten Drachen und einem Schwarzen Drachen. Aber dann hatten sie beide ein Stipendium für die Offiziersakademie bekommen und sich beim Abschlussball in dieselbe Frau verliebt.

»Meine Mutter?«

»Deine Mutter. Sie trug ein grünes Kleid und weinte, als sie meine Blume im Knopfloch sah, weil sie nie zuvor eine Rose gesehen hatte. Ihr Vater, also dein Großvater, war nämlich auch Kapitän. Aber nicht Kapitän eines Schiffs, sondern eines U-Boots. Deswegen ist sie unter Wasser in einer Art möblierter Konservendose aufgewachsen, wo es natürlich nicht viele Blumen oder Natur gab, noch nicht einmal andere Menschen. Das erklärt vielleicht auch, warum sie so still ist und warum sie sich so für das Stricken, für den Garten und Kartenspiele interessiert.«

»Und was ist mit dem Postboten?«

»Deine Mutter hatte ihm den zweiten Tanz versprochen, aber nachdem sie den ersten mit mir tanzte, kam es nicht mehr dazu. Er sagte, sein Leben sei in der kurzen Zeit ruiniert worden, die es braucht, um einen Walzer zu tanzen.«

»Was mich daran erinnert«, sagte Nelly und wühlte in ihrem Seesack, »dass ich dir diese Uhr geben soll.«

»Ha!«, sagte Kapitän Wellenflieger. »Siehst du? Sie geht fünf Minuten vor.«

»Und was ist mit seiner Mannschaft? Sind sie auch Waisen wie deine Männer?«

»Ja. Wir alle sind Waisen. Außer dass der Postbote und ich Offiziere wurden und sie nicht.«

»Das Leben ist ungerecht«, sagte Nelly.

»Ja, das ist es wohl«, stimmte Kapitän Wellenflieger ihr zu. Dann saßen sie eine Weile schweigend beisammen und rochen die Blüten, die draußen entlang der Baumstämme wuchsen wie eine Million aufgehender Herzen. Die Brotkrumen auf ihren Tellern warfen Schatten im Sonnenlicht, und die Marmelade in den Marmeladengläsern leuchtete rosa und rot.

Nellys Vater lebte in einem Baumhaus mit einem Ofen zum Kochen und einem Eimer an einem Seil, mit dem er Gegenstände heraufholen und herunterlassen konnte. Es gab runde Fenster und hölzerne Wände und Regale voller Kakteen, Probengläser, Modellboote und Kapitän Wellenfliegers Zeichnungen von Pflanzen und Tieren. Er und Nelly saßen auf Schaukelstühlen, die so eng beieinanderstanden, dass sie beide mit nur einer Hand den Kaffeebecher auf dem Ofen erreichen konnten. Und während sie Kaffee schlürften, unterhielten sie sich über Navigation und die Kunst des Seefahrens, Kriegsführung, Diplomatie, Botanik und Haushaltsführung.

Wenn ein Thema zum Ende kam, ging es sofort mit dem nächsten weiter, und als sie mit allem durch waren, was ihnen spontan einfiel, zeigte Kapitän Wellenflieger Nelly sein Tagebuch, das ihrem eigenen ähnelte. Es war voller Notizen, Skizzen und Tabellen mit Zahlen.

»Mein anderes Tagebuch habe ich zu Hause gelassen, in der Schreibtischschublade«, sagte er.

»Ich weiß«, sagte Nelly und zog es aus ihrem Seesack.

So saßen sie beisammen, verglichen ihre Notizen und erzählten sich gegenseitig Geschichten. Alles

war friedlich, bis Kapitän Wellenflieger Nelly fragte, wie lange sie eigentlich bliebe.

»Nicht lange«, sagte sie. »Es wird Zeit, dass ich zurückfahre. Ich habe Mutter nämlich versprochen, dass ich in einem Jahr zurück sein würde. Und wenn ich ein Versprechen gebe, dann halte ich es auch. Was mich an etwas erinnert.«

»An was denn?«

»Ich habe heute Geburtstag.«

»Du hast Geburtstag!«, rief Kapitän Wellenflieger und wurde ganz blass. Er zog die Luft durch die Zähne ein, als wäre ihm jemand auf die Zehen getrampelt. »Tja, ich muss zugeben: Ich habe es vergessen!«

»Eigentlich hatte ich schon gestern Geburtstag, falls man von ›gestern‹ reden kann, wenn ein Tag den ganzen Sommer über dauert.«

»Was soll ich dir schenken?«, fragte Kapitän Wellenflieger. »Sag einfach, was du dir wünschst. Alles, was du dir wünschst!« Und sie sah in seinem Gesicht, dass er es ernst meinte.

»Dann wünsche ich mir, dass du mit nach Hause kommst«, sagte Nelly.

»Aber natürlich«, sagte Kapitän Wellenflieger erleichtert. »Ich dachte, das wäre sowieso schon klar. Ich brauche nur ein bisschen Zeit zum Packen.«

Kapitel Achtzehn

Woody Wellenfliegers Mannschaft ließ ihren Kapitän natürlich nicht ohne eine Abschiedsfeier gehen, und für Nelly sangen sie ein Lied über ihre Abenteuer, das sie »Die Träume des Kolumbus« nannten. Sie spielten auf Trommeln, Blechflöten und Geigen, und ihre Stimmen klangen manchmal wie der heulende

Wind, manchmal wie krachende Wellen und manchmal wie das Donnern eines ausbrechenden Vulkans. Sie sangen darüber, wie sie ihr Schiff klargemacht hatte, über ihren Kampf mit dem Piraten und das Brüllen im Dschungel, und für Nelly schien alles so real, als würde sie ihr ganzes Abenteuer noch einmal erleben, nur ohne die langweiligen Tage dazwischen.

Nelly hörte zu, als sie von der »Schildkröte, die die Welt träumt« sangen und von der »Heimlichen Strickerin«, wie sie Nelly nannten, weil sie die Segel ihres Schiffs nachts gestrickt hatte. Sie sangen über Nellys Mut, die Einsamkeit von Waisenkindern und die Schönheit des Waldes und verflochten alles so geschickt miteinander, dass Nelly kaum merkte, wie ihre eigene Geschichte zu Ende ging und die Geschichte der Männer begann.

Und dann gab es Geburtstagskuchen, und alle sangen ein Geburtstagslied. Der Bootsmann schenkte Nelly den Schlüssel zur Vorratskammer, was die größte Ehre ist, die ein Bootsmann einem verleihen kann.

»Brauchst du den nicht selbst?«, fragte sie. Aber der Bootsmann schüttelte den Kopf. Ihm und seinen Männern ging es gut, dort, wo sie waren, und sie würden nicht mit zurückkommen, weil sie keine Familie hatten, die sie dort erwartete. Natürlich würden sie Nelly und ihren Kapitän vermissen, aber sie wollten weiterhin hier im Wald leben, im Sommer Salat essen und im Winter Ofenkartoffeln. Sie würden mit zum Strand kommen, ihre Post entgegennehmen und ihnen dann zum Abschied winken.

»Aber wer segelt denn dann auf dem *Schwarzen Drachen?*«, fragte Nelly.

»Das müssen wohl die Ehrenwerten Herren der Forschungsflotte übernehmen«, sagte Kapitän Wellenflieger. »Auch wenn sie eigentlich nichts anderes können, als Zeitung zu lesen und Sandwiches zu essen.«

Und so gingen sie los, den Pfad hoch, an gigantischen Feigen-, Pfirsich- und Bananenbäumen vorbei, dann an Apfel- und Pflaumenbäumen in voller Blüte. In den Ästen saßen weißhaarige Affen, die in der Polarsonne leuchteten. Schließlich erreichten sie den Rand des Kraters und konnten wieder den weiten blauen Himmel sehen. Kapitän Wellenflieger, der noch immer seinen Schlafanzug trug, beschwerte sich grummelnd über die Kälte.

Seiner Mannschaft jedoch war nicht kalt, denn sie trugen alle Probengläser des Kapitäns, die er in riesige Schrankkoffer gepackt hatte. Auch die Ehrenwerten Herren der Forschungsflotte, die pfeifend in ihren Wollmützen und Handschuhen unterwegs waren, beschwerten sich nicht. Sie waren wohl von allen am glücklichsten. Sie waren so glücklich, als wären sie schon wieder zu Hause, und den ganzen vereisten Berghang hinab sprachen sie von warmen Bädern und weichen Betten und den Vorträgen, die sie an den größten Universitäten über ihre Abenteuer halten würden. Sie verliehen sich gegenseitig Professuren und Medaillen, und als sie den Strand erreichten, steckte das Monokel mitten in seiner Dankesrede für einen Preis, den er für die Entdeckung nicht nur des nördlichsten Vulkans der Welt, sondern auch der vielfältigsten Tier- und Pflanzenwelt in diesem hohlen Berg erhalten hatte. Doch plötzlich erstarrte Kapitän Wellenflieger und hob die Hand.

»Still«, flüsterte er.

»Was ist los?«, fragte Nelly.

Kapitän Wellenflieger zeigte nur stumm auf die Bucht.

Es war nicht Nellys Schiff, das dort Nase an Nase

mit dem *Schwarzen Drachen* im Nebel stand, sondern ein Schiff, das dem *Schwarzen Drachen* so ähnlich war, dass es aussah, als hätte ihm jemand einen Spiegel hingehalten: Beide hatten zahlreiche Segel, beide hatten die gleiche Galionsfigur mit dem langgestreckten Drachenkopf. Man sollte kaum glauben, dass es auf der Welt zwei Schiffe gab, die so gleich aussahen, und im Nebel war nicht auszumachen, welches rot und welches schwarz war. Aus dem Dunkel klang eine Stimme.

»Bin ich spät dran?«

Und auf das Maul des Drachenkopfs stieg ein Mann, den Nelly erkannte, obwohl sie weder sein Gesicht noch die Farbe seiner Kniebundhose sah.

»Dieser Schuft!«, zischte Kapitän Wellenflieger.

»Der Postbote«, flüsterte Nelly.

»Der Pirat!«, kreischten die Herren der Ehrenwerten Forschungsflotte.

»Ahoi, Wellenflieger, bist du das?«, rief der Postbotenpirat. »Du hast etwas, das ich haben will. Kannst du dir vorstellen, was es ist?«

Kapitel Neunzehn

Als Nelly dazu kam, ein Bild des nun folgenden Kampfes in ihr Tagebuch (oder Logbuch) zu zeichnen, sah es ungefähr so aus: An Bord des *Roten Drachen*, auf dem über einem roten Seidentaschentuch

die Totenkopfflagge flatterte, stand der Postbotenpirat auf der Spitze des Drachenmauls und rief »Unbesiegbar!«, obwohl ihn über dem Krach der Kanonen niemand hörte.

An Bord des *Schwarzen Drachen*, der eine pechschwarze Flagge gehisst hatte, gab Kapitän Wellenflieger mit einem grimmigen Lächeln das Feuer zurück. Die Spinnweben an den Mündern seiner Kanonen waren mit dem ersten Schuss verschwunden, der Rost rieselte, und der Lärm schien selbst den schlafenden Berg wieder aufzuwecken.

Gerade noch standen die zwei Schiffe sich regungslos gegenüber, verloren im Nebel und dem Rauch, den sie selbst verursachten, doch dann stürmten sie aufeinander los wie feuerspeiende Drachen, die sich ineinander verbissen und mit den Flügeln umspannten.

»Unersättlich!«, schrie der Pirat und verließ seinen Posten mit einem Salto wie ein Zirkusartist. Kapitän Wellenflieger sprang ihm entgegen, in der Hand den Säbel, den seine Tochter ihm geliehen hatte – den Säbel mit dem roten Griff.

Nelly stand mit Kolumbus an Deck ihres eigenen kleinen Schiffs und war bereit, die Schwänze ihrer chinesischen Hunde anzuzünden. Aber sie konnte nicht erkennen, auf welches der beiden großen Schiffe sie zielen sollte – die Enterhaken flogen hin und her, die Enternden schwärmten über beide Decks, und es war nicht auszumachen, welche Mannschaft

zu welchem Kapitän gehörte oder welcher Kapitän zu welcher Mannschaft. Alles war ein einziges Getöse, nur ab und zu hörte sie die Stimme von Kapitän Wellenflieger über dem Chaos, der versuchte zu erraten, was der Pirat von ihm wollte.

»Willst du mein Schiff?«

»Falsch geraten!«

»Willst du meine Briefmarkensammlung?«

»Falsch geraten!«

»Willst du meinen Admiralspokal für Nachtnavigation?«

Auf und ab kämpften die beiden Männer. Manchmal konnte Nelly durch das Teleskop den Dreispitz ihres Vaters erkennen und manchmal das blitzende Gold der Schuhschnallen des Postbotenpiraten. Aber dann wirbelten sie wieder herum, und Nelly wusste nicht mehr, wer wer war.

»Spiel doch keine Spielchen!«, rief Kapitän Wellenflieger und stieg ins Tauwerk.

»Spielchen?«, lachte der Pirat und stieg ihm nach. »Ich liebe Spielchen. Pass auf, hier kommt eins: Wer als Erster oben ist, hat gewonnen!«

Sie kletterten los und versuchten hin und wieder, dem anderen eins mit dem Säbel zu versetzen. Dann nahmen sie die Klingen zwischen die Zähne, um die Plattform zu erreichen, hoch über dem Wasser, die von Seemännern Mars genannt wird und in Gefechten eine wichtige Rolle spielt.

»Guck mal nach unten! Feuer!«, rief Kapitän Wellenflieger und beeilte sich, die Mars zuerst zu erreichen.

»Du schummelst!«, kreischte der Pirat und hieb nach Kapitän Wellenfliegers Knöcheln. Aber tatsächlich war unten an Deck ein Feuer ausgebrochen,

und als es sich über beide Schiffe ausbreitete, sprangen die Mannschaften in das dampfende Wasser und schwammen Richtung Strand.

»Springt!«, rief Nelly. »Sonst verbrennt ihr bei lebendigem Leibe!«

Doch Kapitän Wellenflieger und der Pirat hörten sie nicht. Vor- und rückwärts kämpften sie, rund um den Mast und freihändig in den Tauen schwingend wie Seiltänzer. Manchmal stießen sie mit ihren Säbeln nach einander, dann umarmten sie sich wie die Brüder, die sie fast waren. Das Feuer wurde heißer und heißer – es rollte über die Decks, fraß die Taue und leckte an den zerfetzten Enden der Segel. Ab und zu schossen besonders grelle Flammen in die Luft, wie Feuerwerk in Rot, Grün und Blau.

»Oh, Kolumbus«, sagte Nelly. »Sie werden noch geröstet!«

Kolumbus sah sie nur ausdruckslos an. Der Krach machte ihn nervös, das helle Licht störte seine empfindlichen Augen, und wenn etwas krachte und knallte, zog er den Kopf in seinen Panzer zurück und lag da wie ein Stein.

»Das Schießpulver!«, rief Nelly. »Achtet auf das

Schießpulver!« Doch es war zu spät: Eines nach dem anderen explodierten die Fässer mit dem Schießpulver, die neben den Kanonen standen. Manchmal gingen auch zwei oder drei gleichzeitig in die Luft und ließen Holz- und Metallsplitter hinabregnen.

»Bumm!«, machten sie. »Bumm-bumm-bumm!«

Aus den zwei Schiffen – dem *Roten Drachen* und dem *Schwarzen Drachen* – war ein gewaltiges Leuchtfeuer geworden, und die Flammen griffen gierig nach den Pulvermagazinen auf den unteren Decks. Sie grillten die Stiefelsohlen der beiden Männer, die ganz oben auf dem Mast Pirouetten um das Krähennest drehten.

»Ist es ein Tier?«

»Falsch geraten!«

»Ist es eine Pflanze?«

»Falsch geraten!«

»Ist es ein Stein?«

»Falsch geraten!«

»Ist es mein natürlich rotes Haar?«

»FALSCH GERATEN!«

»Dann gebe ich auf! Was ist es?«

»Ein Walzer, Kapitän, ein Walzer – fünf Minuten deiner Zeit!«, kreischte der Pirat, als plötzlich drei Sachen auf einmal passierten.

Erstens stürzte der Säbel von Kapitän Wellenflieger nach einem fantastischen, akrobatischen Sprung und einer gekonnten Drehung des Piraten in das brüllende Feuer. Zweitens versuchte Nelly verzweifelt, das Feuer zu ertränken, bevor es die Magazine erreichte, und zielte mit ihren chinesischen Hunden unter die Wasserlinie.

»Vielleicht können wir die Schiffe versenken«, flüsterte sie, »damit das Feuer ausgeht.«

Aber das Bellen ihrer Hunde wurde von einer großen Explosion übertönt, die die Wasseroberfläche glättete wie eine riesige Hand.

KA-BUMM!, sagte der Berg, und das war drittens. Nelly wurde schwarz vor Augen, und sie verkroch sich zu Kolumbus in seinen Panzer.

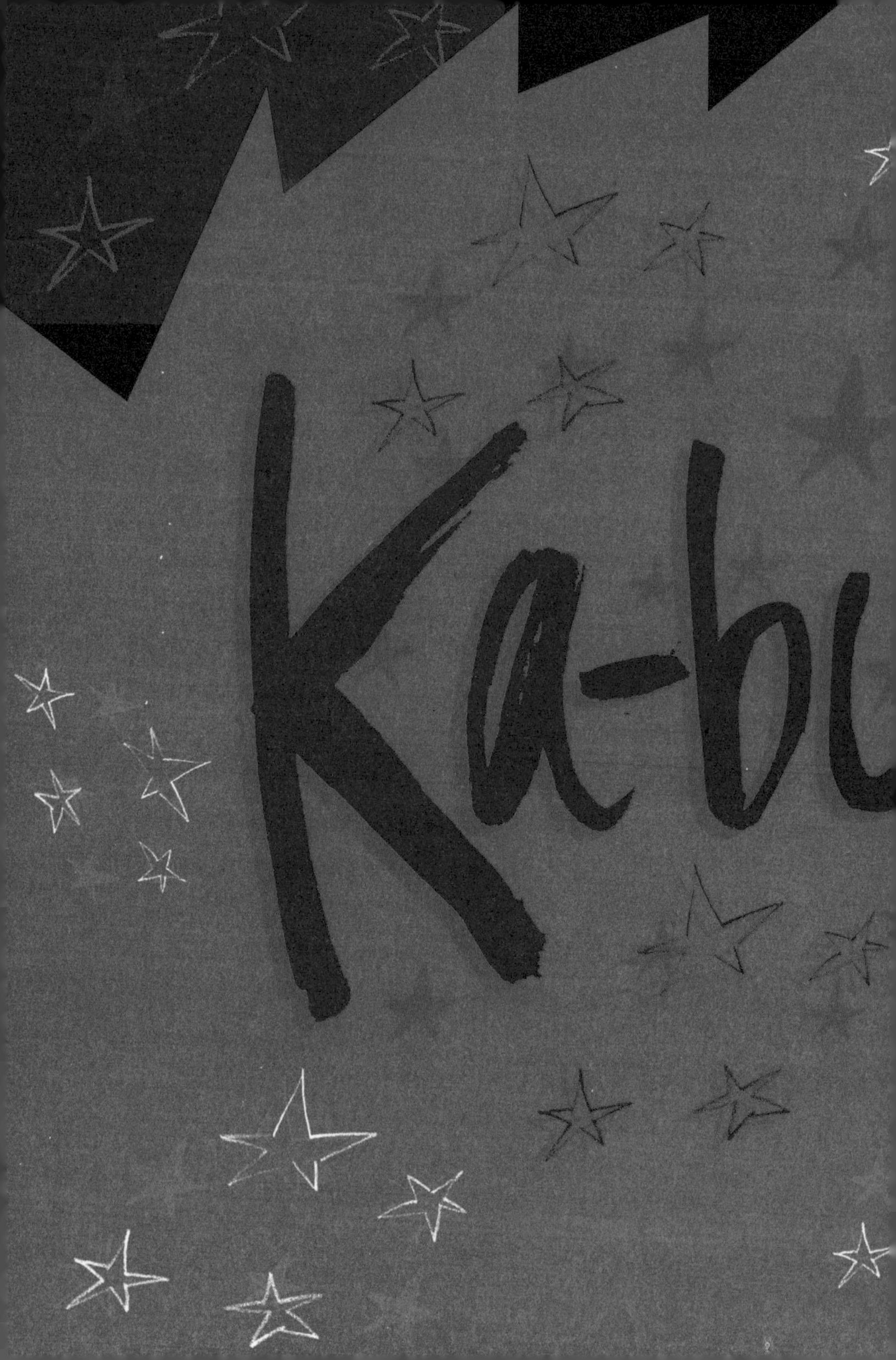
Ka-bu

mm!

Kapitel Zwanzig

Die Schlacht in der Penelope-Bucht oder Drachen-Bucht oder Nelly-Bucht, wie sie später genannt wurde, je nachdem, wer die Geschichte erzählte, endete mit einem Ausbruch, ganz so, als ob der Vulkan alle daran erinnern wollte, wie alles angefangen hatte und eben auch wieder enden konnte. Aber zu diesem Zeitpunkt gab er sich mit einer Warnung zufrieden und beließ es bei einem Rumpeln, einem Rülpsen, einer Mahnung. An seiner Flanke öffnete sich eine Vordertür, aus der ein Fluss heißer, roter Lava kam, die nach und nach abkühlte und ergraute. Der Berg zitterte noch einmal, und dann war es still. Unten in der Bucht waren die Herren der Ehrenwerten Forschungsflotte (die den ganzen Kampf vom Strand aus verfolgt, auf den Fingernägeln gekaut und sich die Augen zugehalten hatten) in Boote gesprungen und paddelten gemeinsam mit den beiden Mannschaften hin und her, auf der Suche nach Überlebenden.

Sie fanden Nelly an Deck ihres Schiffs und brachten sie mit einem Schlückchen Notfallrum, den das Monokel ihr aus einem silbernen Flachmann einflößte, wieder zu Bewusstsein.

»Gut gemacht«, sagte er, als sie den Rum trank und hustete, »gut gemacht«, und er wischte sich eine

Träne weg, weil er so glücklich war, dass sie noch lebte. Er sagte ihr, dass sie mehr Mut und mehr gesunden Menschenverstand habe als sie alle zusammen und dass er sie deshalb mit sofortiger Wirkung und auf Lebenszeit zu einem Ehrenmitglied der Ehrenwerten Forschungsflotte ernannte. Sie dürfe die Offiziersmesse nutzen und erhalte einen Ledersessel mit Armlehnen, wie alle anderen auch.

Doch das Monokel besaß gar keinen Ledersessel mehr und auch kein Schiff und, wie es schien, auch keinen Kapitän, denn der *Rote Drache* und der *Schwarze Drache* lagen auf dem Grund der Bucht – man wusste nicht genau, was sie versenkt hatte, ihr eigenes Schießpulver, Nellys Hunde oder der Vulkanausbruch. Sie durchsuchten alles, was übrig geblieben war, Stoffreste und Plankenstücke (an einigen hingen noch Schnecken), rußige Seile, das verkohlte Maul eines Drachen, aber von Kapitän Wellenflieger und dem Postbotenpiraten gab es keine Spur. Stundenlang suchten sie, teilten die Bucht in Bereiche ein, paddelten Kreise um Kreise und hatten schon fast die Hoffnung aufgegeben, als sie sie ein Stück weiter oben entdeckten: Vom Nebel versteckt nutzten sie das Krähennest als Rettungsboot und stritten heftig miteinander, während sie abwechselnd den verbliebenen Säbel als Paddel einsetzten.

»Ah, Nelly«, sagte Kapitän Wellenflieger.

»Genau rechtzeitig«, sagte der Postbote.

»Wir müssen einen kleinen Streit beilegen.«

»Eine wissenschaftliche Frage klären.«

»Wenn man ganz oben auf der Welt auf dem Kopf

stünde«, sagte Kapitän Wellenflieger, »würden die Füße trotzdem noch nach Norden zeigen?«

»Oder nach Süden?«, fügte der Postbote an.

»Ich dachte, ihr seid tot«, sagte Nelly mit zitternder Stimme.

»Tot?«, fragte Kapitän Wellenflieger.

»Tot?«, wiederholte der Postbote. Als sie erzählte, was geschehen war, konnte er sich natürlich wieder an nichts erinnern.

»Es ist ja nicht so, dass ich es bestreite«, fügte er entschuldigend an. »Und um die Schiffe ist es wirklich schade.«

»Dann bauen wir uns eben neue«, sagte Kapitän Wellenflieger fröhlich, und bei diesem Gedanken blitzten seine Augen auf. Als sie an den Strand zurückkamen, hatte er bereits beiden Mannschaften Arbeit zugeteilt: Einige sollten Holz für die Planken hacken, andere das Messing schmelzen, noch andere Öl und Harz für die Lackierung sammeln.

»Bravo!«, sagte Nelly. Sie würde nun so lange bleiben, wie es dauerte, neue Segel zu stricken.

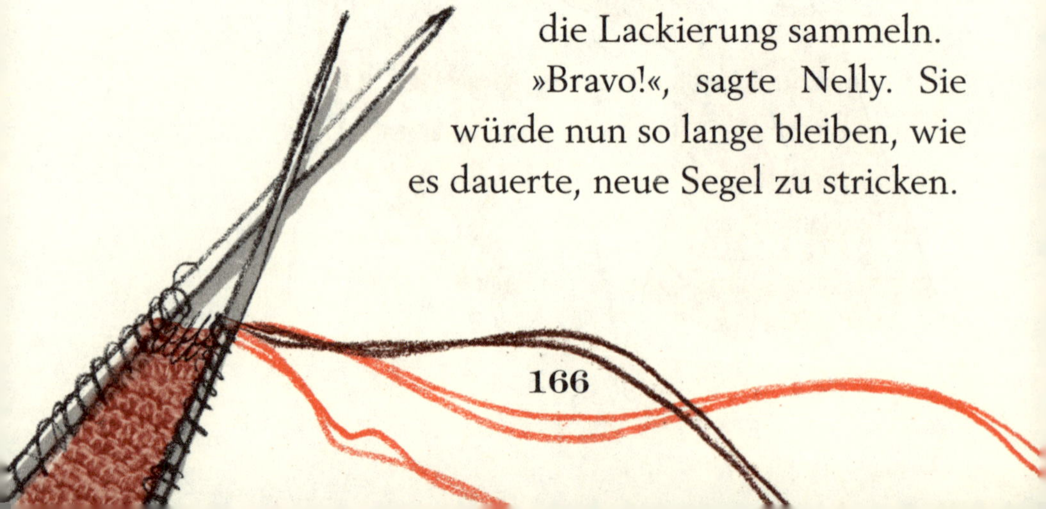

Kapitel Einundzwanzig

Nelly strickte die Segel, rote und schwarze, und währenddessen wuchsen am Strand neue Schiffe aus dem Sand: Nachdem die Männer ein Gerüst und die Schienen vorbereitet hatten, setzten sie die schweren Kiele darauf, die dafür sorgen, dass ein Schiff bei schlechtem Wetter nicht kentert. Im Wald gab es genug Holz, im Gestein genug Metall, und mehr als genug Hände halfen bei der Arbeit. Stück für Stück und Seite an Seite erhoben sich zwei identische Schiffe aus der weichen Asche des Vulkans.

Doch noch bevor alle Rippen des Rumpfs fertig waren, hatte Nelly die Segel gestrickt und war bereit zur Abfahrt. Niemand konnte sie überreden, noch länger zu bleiben, denn sie hatte schließlich versprochen, dass sie in einem Jahr zurück sein

würde, und wenn sie einmal ein Versprechen gegeben hatte, dann hielt sie es auch. Außerdem hatte sie ja schon die Apfelblüte verpasst, und wenn sie sich nicht beeilte, würde sie auch noch den Rhabarber verpassen.

Also holte sie die ganze Post vom Schiff, die neue Winterkleidung für die Mannschaft und einen Schlafanzug für Kapitän Wellenflieger enthielt, außerdem Fischpastete und Kekse für die Herren der Ehrenwerten Forschungsflotte. Dann verabschiedete sie sich.

»Auf Wiedersehen«, sagte das Monokel und schenkte ihr seine silberne Trillerpfeife.

»Auf Wiedersehen«, sagte der Postbote und erinnerte sie noch einmal an die roten Seidentaschentücher.

»Auf Wiedersehen«, sagte Kapitän Wellenflieger und gab Nelly einen Brief, eine wunderschöne Polarrose und ein Marmeladenglas mit Löchern im Deckel.

»Die Rose ist für deine Mutter«, sagte er. »Und der Brief auch. Aber das Marmeladenglas ist für dich, und der Inhalt ist nach dir benannt: *Lycaena Nellia*, um es auf Latein zu sagen. Du darfst es erst öffnen, wenn du wieder zu Hause bist.«

Dann sagte er ihr, dass er sie lieb habe und stolz auf sie sei und dass er ihr folgen würde, sobald sein Schiff seetüchtig sei.

»Auf Wiedersehen«, sagte Nelly. Nur dass sie es nicht wirklich sagte, denn sie hatte einen dicken Kloß im Hals. Also dachte sie es nur.

Los ging die Fahrt. Ihrem Vater hatte sie einen Kuss als Andenken gegeben, und nun stand sie mit Kolumbus neben sich auf Deck, der Frachtraum voller guter Sachen. Sie nahm den Nebel mit, die Kälte und den Schnee, der den Berg bedeckte, und auch das kühle Sonnenlicht des Polarsommers, den geheimen Wald des Kapitän Wellenfliegers und sein Versprechen, dass er ihr bald folgen würde.

Nelly segelte durch das Eis der Arktis, am Schatten des hungrigen Eisbären vorbei bis in wärmere Gewässer, wo wieder pfeilschnelle Delfine ihr Schiff begleiteten. In der Nähe des Äquators hielt sie nach dem *Roten Drachen* Ausschau, bis ihr einfiel, dass das Schiff gemeinsam mit seinem Zwilling, dem *Schwarzen Drachen,* auf dem Meeresgrund lag. Sie segelte haarscharf an einer Wasserhose und einem Strudel vorbei, sprach mit den Walen und hatte schließlich nur noch so wenig zu essen, dass sie gegen den letzten Sturm nicht mehr ankämpfen

Nelly

konnte. Also reffte sie die Segel, knotete das Steuerrad mit einem Stofftaschentuch fest und ging unter Deck, wo sie sich in die Hängematte legte und die Decke über den Kopf zog.

Nelly wusste nicht, wie lange der Sturm gedauert hatte, denn sie verschlief ihn von Anfang bis Ende. Doch als sie wieder aufwachte, sah sie, dass sie zu Hause war – bei ihrem Apfelbaum und dem Rhabarberbeet und dem kleinen Haus mit dem roten Dach. Es war Ebbe, und die *Nelly* saß im Schlamm am Ende des Piers – oder Kais oder Landungsstegs, wie auch immer man ihn nennen will. Einige Pfützen standen um den Kiel. Auf dem Schiffsrumpf war kein Fleck Farbe mehr zu sehen. Die Masten waren rissig und grau. Das Steuerrad war von Holzwürmern zerfressen, und von den gestrickten Segeln, die Nelly während der Reise immer wieder sorgfältig ausgebessert hatte, war nichts mehr zu sehen.

Aber falls Nelly Gefahr lief, zu glauben, dass sie ihre Abenteuer nur geträumt hatte (und sie hatte Geschichten, die so endeten, noch nie leiden können), gab es genügend unverkennbare Anzeichen dafür, dass sie wirklich stattgefunden hatten. Um ihren Hals hingen eine silberne Trillerpfeife und ein eiserner Schlüssel. Unter dem Kissen lag ein

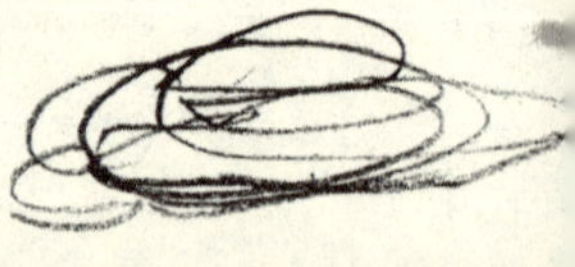

Briefumschlag, auf dem in grüner Tinte der Name ihrer Mutter stand. Neben der Hängematte stand in einem Glas mit frischem Wasser eine Polarrose, so frisch und kühl wie Neuschnee, und als Nelly den Deckel des Marmeladenglases mit *Lycaena Nellia* abschraubte, kam ein Schmetterling herausgeflogen, und seine Flügel strahlten in allen Farben des Regenbogens.

»Aber wo ist Kolumbus?«, fragte sie sich und wackelte mit den Zehen. Einen Augenblick lang hatte sie einen furchtbaren Klumpen im Magen, als sie sich fragte, ob sie ihn vielleicht zurückgelassen hatte oder ob er im Sturm über Bord gegangen war.

Doch dann ging sie (mit dem Schmetterling auf der Schulter) an Deck und sah einen Nagel, der ein Stück aus den Planken ragte, und um ihn war ein Wollfaden gewickelt. Sie zog an dem Faden, eine Hand nach der anderen, Schlaufe um Schlaufe, bis über der Reling eine Schildkröte hing, schwer wie eine mittelgroße Kanonenkugel, die Zehennägel lackiert, der Panzer mit Blumen bemalt und mit einem Ausdruck in den Augen, den sie gut kannte – als hätte Kolumbus etwas sehr Interessantes erlebt, das er jedoch niemandem erzählen würde.

Über den Autor:

Roland Chambers hat auch schon einige Abenteuer erlebt. Er war mal Schweinebauer, Filmproduzent, Journalist, Konditormeister, Comiczeichner, Lehrer, Privatdetektiv und Autor. Er hat auch schon in verschiedenen Ländern gelebt, darunter Schottland, Australien, Polen, Amerika und Russland. Jetzt wohnt er zusammen mit einem Professor neben einer Bäckerei in London.

Über die Illustratorin:

Ella Okstad studierte Illustration am Kent Institute of Art and Design in England. Seit mehr als fünfzehn Jahren arbeitet sie nun schon als Illustratorin für verschiedene Verlage in Norwegen, England und den USA. Sie lebt mit ihrer Familie in Trondheim, Norwegen.